Faoi Dheireadh Thiar

Faoi Dheireadh Thiar

Joe Steve Ó Neachtain

Cló Iar-Chonnachta
Indreabhán
Conamara

An Chéad Chló 2008
© Joe Steve Ó Neachtain 2008

ISBN 978-1-905560-26-4

Dearadh: Deirdre Ní Thuathail
Íomhá agus dearadh clúdaigh: Caomhán Ó Scolaí

Bord na
Leabhar
Gaeilge   Foras na Gaeilge

Tá Cló Iar-Chonnachta buíoch de Bhord na Leabhar
Gaeilge (Foras na Gaeilge) as tacaíocht
airgeadais a chur ar fáil.

arts
council
schomhairle
ealaíon

Faigheann Cló Iar-Chonnachta cabhair airgid
ón gComhairle Ealaíon

Tá an t-údar buíoch de Bhord na Leabhar Gaeilge a bhronn coimisiún air don
saothar seo.

Clóchur: Cló Iar-Chonnachta, Indreabhán, Conamara
Teil: 091-593307   **Facs:** 091-593362   **r-phost:** cic@iol.ie
Priontáil: Clódóirí Lurgan, Indreabhán, Co. na Gaillimhe.

do Róisín

Glór na sinsear
ina nóta binn
i nglór na hóige
ag teacht chun cinn

Pearsana

TAIMÍN CHUALÁIN: Fear ciúin, deabhóideach nach bhfuil amharc na súl aige.

COILMÍN AN BHREATHNAIGH: Fear a d'ól gach a raibh ag gabháil leis.

MEAIG LOIDEÁIN: Bean théagartha atá taghdach agus ceanndána.

DARACH LOIDEÁIN: Mac Mheaig. Tamall caite i Sasana aige.

MÁIRÍN: An mátrún. Dea-chroíoch agus cineálta.

JACKIE: Banaltra óg ghealgháireach.

SALLY: I Sasana i gcaitheamh a saoil, a meabhair caillte aici.

An Seit

Oifig na mbanaltraí ar thaobh na láimhe clé. Tá pasáiste réasúnta leathan go dtí seomra codlata ar dheis agus seomra bia, srl. ar chlé.

Tá roinnt cathaoireacha boga chun tosaigh ar an stáitse. Tá leaba shingil i gcúinne ar thaobh na láimhe deise.

Ionad: Áras do sheandaoine.
Am: Oíche Nollag.

Foireann

I Seanscoil Sailearna ar an 6 Márta 2008 a léiríodh *Ar Deireadh Thiar* den chéad uair. Ba iad seo a leanas foireann an dráma:

COILMÍN AN BREATHNAIGH:	Diarmuid Mac an Adhastair
SALLY:	Caitlín Uí Chonghaile
DARACH LOIDEÁIN:	Josie Chóilí Óg Ó Cualáin
JACKIE:	Brídín Nic Dhonncha
MÁIRÍN:	Máire Uí Dhroighneáin
TAIMÍN CHUALÁIN:	Joe Steve Ó Neachtain
MEAIG LOIDEÁIN:	Máirín Uí Neachtain

Gníomh 1

Tá an stáitse ar fad sa dorchadas cé is moite de na soilse atá ag lasadh is ag múchadh ar chrann na Nollag. Tá lóchrann beag eile ag soilsiú na ndeilbh sa gcrib. Tá Coilmín *sínte ar chathaoir amháin, gan é le tabhairt faoi deara ach ar éigean. Tá* Taimín *ina shuí trasna uaidh. Níl corr as ceachtar acu.*

Soilse aníos go mall ar an stáitse agus ceol meidhreach le cloisteáil ón seomra bia. Meascán cainte freisin ag cur in iúl go bhfuil thart ar scór duine aosta ag fanacht san áras. Cloistear glórtha ó chúl an stáitse.

MÁIRÍN: Tuilleadh tae, a Bhríd? . . . Ólfaidh tú. Bhuel d'ólfá a bhfuil de tae tigh Lipton . . . Céard? Ceart go leor, a Bhríd.

JACKIE: No, Sally. No a dúirt mé, Sally. Dia dár réiteach! Sally!

SALLY   (*le cloisteáil ón taobh deas*): Nurse? Nurse?

MÁIRÍN: Cuirfidh mé, a Bhríd. Cuirfidh mise a chodladh anois thú chomh luath is atá an tae ólta agat.

JACKIE: Sally, níl a dhath aird agat orm. Sally!

SALLY   (*le cloisteáil ón taobh deas*): Nurse? Nurse? (*Siúlann* SALLY *trasna an stáitse agus amach an taobh eile agus í ag fógairt.*) Waiter? Waiter? Waiter?

JACKIE	(*ag rith ina diaidh*): Cáil tú ag dul, a Sally?
SALLY:	I need a cigarette.
JACKIE:	Gabh i leith uait, maith an bhean. Gheobhaidh mise fag dhuit. Come on to the smoking room. (*Ar ais trasna an stáitse.*)
SALLY:	Thank you, waiter. Put it on my account. (*Tá an stáitse soilsithe go hiomlán ag an tráth seo agus* TAIMÍN *tar éis dúiseacht, gan a fhios aige cá bhfuil sé. Éiríonn sé ina sheasamh, á threorú féin lena mhaide.*)
TAIMÍN	(*ag feadaíl*): Cáil tú agam, Fáinne? ("*Clic clic*" *lena theanga.*) Fáinne? Good dogeen, come here. Á muise, Dia linn. Níl meas fanta ag an mada fhéin anois orm. (*Feadaíl arís. Ag tóraíocht an mhada lena mhaide ach is ar chloigeann Choilmín a leagann sé an maide.*) Come here, Fáinne, good dogeen.
COILMÍN	(*ag dúiseacht*): Ach cén sórt spochadh an deabhail atá agat leis an maide sin, a Taimín?
TAIMÍN:	'Bhfaca tú mo mhada?
COILMÍN:	Ní fheicfidh mé cat ná mada go brách aríst ach Dia a bheith láidir. Is beag bídeach nár bhain tú an tsúil amach as mo cheann.
TAIMÍN:	B'annamh leis imeacht ón teach.
COILMÍN:	Ní sa mbaile atá tú a deirim leat, ach sa home.
TAIMÍN:	Ab ea?
COILMÍN:	Nach bhfuil mo theanga caite agam ag rá leat gurb é an home é.
TAIMÍN:	Creidim gur fíor dhuit é.
COILMÍN	(*ag éirí*): Suigh síos, maith an fear, agus déan

suaimhneas. (*Cuireann sé Taimín ina shuí.*
Brúcht ó CHOILMÍN.) Mallacht dílis Dé ar an
rice sin, níl aon lá dá mblaisim dhe nach
gcuireann sé dó croí orm.

TAIMÍN: Deir an Mátrún go bhfuil an rice folláin muis.
(*Brúcht eile ó* CHOILMÍN.) Rice ar fad a íosann
siad thall i China, a deir sí.

COILMÍN: Is furasta aithne ar a gcuid leicne feosaí gurb é.
Nach é dath an bháis atá orthu.

TAIMÍN: Is deacair an béile fataí a bhualadh.

COILMÍN: Bolg brea fataí agus iasc saillte. Sin é.

TAIMÍN: Á, céad slán nuair a bhíodh cruit ar an gciseog i
lár an bhoird, is é ag cinnt orainn a chéile a
fheiceáil lena mbíodh de ghail ag éirí astu.

COILMÍN: Ní raibh aon dose ag teastáil uait ina ndiaidh sin.
Ar ndóigh, a dheartháir, is ar éigin a théinn de
léim thar an gcnaipe a scaoilfinn thiar sna
tomachaí.

TAIMÍN: Sin é an uair a bhí na daoine folláin.

COILMÍN: Rice anois agus chips agus fish fingers – is beag
an dochar do dhaoine a bheith tolgtha.

TAIMÍN: Ag stealladh magadh fúinn atá siad. Nach
bhfuil a fhios ag chuile dhuine nach bhfuil
méarachaí ar bith ar bhreac.
(*Déanann* COILMÍN *brúcht eile agus é ag breathnú
amach os cionn an lucht féachana mar a bheadh
sé ag breathnú amach trí fhuinneog.*)

COILMÍN: Á, a mhic na mbeannacht, nár bhreá an tráthnóna
chois an chuntair é. Pionta is leathghloine amach
ar t'aghaidh is iad ag gáirí leat.

TAIMÍN: Meas tú cén t-am é, a Choilmín?

COILMÍN: Deabhal a fhios agam ó mhórbhonnachaí an deabhail cén t-am é, a Taimín.

SALLY   (*le cloisteáil ón taobh deas*): Nurse? Nurse?

TAIMÍN: Ní féidir an lá a chaitheamh.

COILMÍN: Ó! Ní bhreathnaím ar chlog ar bith anois. Tá a fhios ag Mac dílis Dé go sílfeá gur i ndiaidh a cúil atá an sclíteach de shnáthaid mhór ag dul. (*Tagann* MÁIRÍN *trasna ar gcúl agus seanbhean i gcathaoir rothaí aici.*)

MÁIRÍN: Ach féach an áit a bhfuil an dhá chaidhfte. Shílfeá go bhfanfadh sibh istigh ag an gceol.

COILMÍN: Díleá air mar cheol, nach bhfuil seabhrán i mo chluasa aige. Dud dud dud – shílfeá gur ag lascadh seanbhuicéid atá siad.

MÁIRÍN: Is maith le Jackie an cineál sin ceoil. Cuirfidh mé air ceol Gaelach dhaoibh.

COILMÍN: Ara, b'fhearr linn amuigh anseo ag caint ar mhná.

MÁIRÍN: Ó, a rógaire, m'anam nach gcuirfinn tharat é dhá bhfaighfeá an seans. (*Ag imeacht.*)

COILMÍN: Up our that.

TAIMÍN: Meas tú an dtáinig fear an phosta fós?

COILMÍN: Ní fhaca mé aon dé air. Deabhal mac an éin bheo le feiceáil ach carrannaí ag dul soir is siar ina dtoirneach pé ar bith cail a ndeifir ag dul.

TAIMÍN: Isteach Gaillimh is dóigh, ag ceannacht na Nollag.

COILMÍN: Nár thuga Dia slán amach iad le uabhar a bheith ag imeacht orthu.

COILMÍN: Ní sa mbaile atá tú a deirim leat, ach sa home.

TAIMÍN: 'Bhfuil an oíche tite [gone] fós, an bhfuil? Deabhal mogall a fheicimse.

COILMÍN: Deabhal ar fearr dhuit a fheiceáil. (*Ag suí agus ag tógáil páipéar nuachta.*) Is é an chaoi a stopfadh do chroí dá bhfeicfeá cuid de na rudaí atá ar an saol anois.

TAIMÍN: Deir siad é.

COILMÍN: Féacha an dá dhide mhóra atá nochtaithe aici seo i lár an gheimhridh dhearg.

TAIMÍN: Céard atá, a deir tú?

COILMÍN: Bean atá anseo ar an bpáipéar is Dawn Dairies nochtaithe [naked] aici.

TAIMÍN: Ó, 'choirseacan Chríost orainn!

COILMÍN: Sin é anois atá ag díol na bpáipéir seo. Mná agus gan stitch orthu. Loinnir ina gcuid boilg, a dhearthráir, mar a d'fheicfeá coirleach ar iarthrá.

TAIMÍN: Níl aon náire fanta sa saol.

COILMÍN: Náire? Níl samhaoin ar bith le baint as an náire. Is mó brabach atá ar an rógaireacht go mór fada.

TAIMÍN: Shílfeá go mbeadh sé in am ag fear an phosta a bheith tagtha anois.

COILMÍN: Go scalla an deabhal agat é mar fhear posta. (*Tost. An chaint tar éis goilliúnt ar* TAIMÍN.) Ná bí ag súil le mórán den rath ó fhear an phosta ó thiocfas tú isteach sa home.

TAIMÍN: Deabhal lá ariamh nach mbíodh muid ag tnúthán le litir faoi Nollaig.

COILMÍN: Bhíodh, mar bhí nádúr ag baint leis an Nollaig an uair sin. Ar ndóigh, ní Nollaig atá agat anois ach circus. Dáir ar dhaoine ag caitheamh airgid is gan a fhios ag leath acu ó Dhia thuas na glóire cén fáth a bhfuil siad ag ceiliúradh.

TAIMÍN: Creidim gur fíor dhuit é.

COILMÍN: Is fíor dhom é. Ar ndóigh níl aird ag an nglúin daoine atá ar an saol anois ar Dhia ná ar Mhuire, ach ag éirí ar a chéile nuair atá cupla deoch ólta acu.

TAIMÍN (*á bheannú féin*): Á, i bhfad uainn an anachain agus an urchóid.

COILMÍN: Ná bac le bheith do do choirseacan fhéin, a Taimín. Breathnaigh ar an teilifís go bhfeice tú.

TAIMÍN: Cén mhaith dhom breathnú air nuair nach léir dhom é?

COILMÍN: Shíl muide go raibh muid sna flaithis fadó nuair a bhaineadh muid cupla fáisceadh as gearrchaile ag ceann an bhóithrín tráthnóna Dé Domhnaigh. Níl tada den ealaín sin ar an teilifís anois ach isteach díreach sa leaba is a dhul glan go Donegal.

TAIMÍN: Is é an deabhal atá ag cur cathú ar na daoine.

COILMÍN: Deabhal leath den cheart nach bhfuil aige más é fhéin. M'anam gur muide a bhí ina n-amadáin nach ndearna tuilleadh gleáradh nuair a bhí an anáil againn. *ag déanamh machnamh ar a saol – aiféail?*

TAIMÍN: Á, shílfeá go bhféadfá an lá beannaithe a scaoileadh tharat gan a bheith ag gráiscínteacht.

COILMÍN: Cén neart an deabhail atá agam air? Nach gcuirfeadh a himleacán sin cathú ar Naomh Peadar.

(*Buaileann an fón san oifig. Fón soghluaiste.*)

TAIMÍN   (*go hardghlórach*): Fón, fón, fón. Haigh, fón!

COILMÍN: Suigh síos, nach gcloisfidh siad fhéin é.

TAIMÍN: Ar ndóigh ar fhaitíos nach gcloisfeadh. Fón
           Nurse. Fón. Fón! (*Tagann* JACKIE *isteach*.) Fón
           fón, fón!

JACKIE: Ceart go leor, a Taimín. Tá mé dhá fhreagairt
           anois.

COILMÍN: Ach cén sort dáir a bhuaileas chor ar bith thú
           nuair a thosaíos an fón sin?

JACKIE: Áras na nAosach, hello. No. Jackie . . . Bhuel
           tá an Mátrún cruógach faoi láthair. An féidir
           liom teachtaireacht a thógáil? . . . Cé atá ag
           caint? . . . Fan nóiméad amháin mar sin is
           gheobhaidh mé dhuit í. 'Mháirín?

MÁIRÍN   (*ón taobh amuigh*): Céard?

JACKIE: Tá tú ag teastáil ar an bhfón. Coinnigh an líne
           nóiméad amháin le do thoil.

           (*Cuireann* MÁIRÍN *a cloigeann isteach ar stáitse*.)

MÁIRÍN: Tóg teachtaireacht, a Jackie, is cuirfidh mé
           glaoch ar ais nuair atá siad curtha a chodladh.

JACKIE   (*ag clúdach an fhóin*): Social worker atá ann.
           Dúirt sí go raibh sé práinneach.

MÁIRÍN: Oh Lord, cuir thusa Bríd isteach sa leaba mar
           sin. Tá sí ina suí ar an gcommode.

JACKIE: O.K.

MÁIRÍN: Hello? Oh hello, Nancy. Happy Christmas, a
           leana . . . Is fíor dhuit, ach an oiread le mo jab
           fhéin. Is deacair do social worker sásamh a
           bhaint as an Nollaig . . . Emergency? Dia linn.
           Céard atá ag cur as dhuit?

TAIMÍN   (*ag cuartú lena mhaide*): Cén taobh a bhfuil an
              toilet?

MÁIRÍN: Oh Lord . . . Fan nóiméad, a Nancy, tá
              emergency beag anseo. Tabhair ag an toilet é, a
              Choilmín, maith an fear.

COILMÍN: Ná bí ag oscailt do phlapa nó go mbeidh tú
              istigh sa toilet. Gabh i leith uait.

MÁIRÍN: Sorry Nancy, cén taobh arb as don bhean seo? . . .
              Cé . . . Meaig Loideáin? . . . Is nach bhfuil aithne
              mhaith agam uirthi. Dúirt mé leo go dtógfainn
              isteach sa mbliain nua í . . . Ó, muise, maistín agus
              deargmhaistín, a Nancy . . . Céard? . . . Níl sí leath
              chomh dona leis an leiciméara de mhac atá aici
              . . . Darach, is é, ní raibh aici ach an t-aon mhac
              . . . Ó, an sclaibéara, bíonn drochbhéal air nuair
              atá deoch ólta aige . . . Chuirfinn geall go raibh
              . . . Sin eile a bhfuil sé a dhéanamh, ag sloigeadh
              pórtair is isteach is amach ag Teachtaí Dála. Óra,
              bhí sé ag an teach agam fhéin ag tomhais dornaí
              liom . . . Bhuel, sin í an fhírinne. Tá a hainm thíos
              le fada ach ní raibh aon leaba againn nó gur
              cailleadh duine de na seandaoine an tseachtain seo
              caite . . . Céard? . . . Bí cinnte nár imigh a
              leathoiread i ngan fhios dhó.
              (*Tagann* SALLY *isteach ón gcistin, gan a fhios aici
              cá bhfuil sí.*)

SALLY: Taxi? Taxi? Can you call a taxi please?

MÁIRÍN: Gabh mo leithscéal soicind amháin, a Nancy.
              Suigh síos ansin, Sally, maith an cailín. I'll put
              you to bed in a few moments.

SALLY: No, no. I'm meeting all my friends at the theatre tonight. I need a taxi right now. (*Os ard.*) Taxi! Taxi!

MÁIRÍN: Sssh! Ná cuir a bhfuil sa teach in adharc an chochaill. I'll call a taxi for you.

SALLY: Thank you.

MÁIRÍN: Where are you staying?

SALLY: Right here at the Hilton Hotel.

MÁIRÍN: Hello? Can you send a taxi to the Hilton Hotel please. O.K. . . . Now, Sally. (*Tá* JACKIE *ar a bealach ar ais le cathaoir rothaí.*) Cuir a chodladh í seo, maith an cailín . . . Tá sí a cheapadh gur sa Hilton Hotel atá sí.

SALLY: I'm waiting for a taxi.

JACKIE: Right here, Sally, let me bring you to the foyer.

SALLY: Oh thank you. (*Ag suí isteach sa gcathair rothaí.*) I'm off to the Royal Court Theatre.

JACKIE: Good for you, Sally. We're on our way to blanket street.

MÁIRÍN: Tá chuile dhuine cineál sifileáilte anocht, a Nancy . . . Níl anseo ach beirt againn mar go bhfuil go leor den staff ar saoire . . . Meas tú an féidir léi fanacht go dtí théis na Nollag? . . . Is an bhfuil sí chomh dona sin? Muise, má tá níor mhaith liom aon éagóir a dhéanamh uirthi . . . O.K., mar sin. . . . Beidh, a Nancy, déileáilfidh muid ar chaoi eicínt léi . . . San ambulance ab ea? . . . Beidh leaba faoi réir anseo agam di . . . Tá tú ceart go leor, a Nancy. Níor mhaith liom anshó a fhágáil ar dhuine ar bith Oíche Nollag bheannaithe. O.K. Slán, a Nancy.

MÁIRÍN: Oh Lord, ar fhaitíos nach raibh a ndóthain le déanamh againn. (COILMÍN *ar a bhealach ar ais*.) 'Bhfuil Taimín imithe a chodladh?

COILMÍN: Níl, tá sé ina shuí ar an toilet. Cheapfainn gur number two atá aige. *greannmhar*

MÁIRÍN: Shílfeá go bhfanfá leis nó go mbeadh sé réidh.

COILMÍN: Óra, b'fhéidir go mbeadh sé sin uair an chloig ar gor.

MÁIRÍN: Ní bheidh sé, an créatúr. Síos leat anois agus fan leis ar scáth cupla nóiméad ó tharla nach bhfuil sé in ann a bhealach a dhéanamh.
(*Ag fáil éadach leapan ón oifig.*)

COILMÍN: Ar ndóigh ní in ann brú leis atá mise. Cé atá ag teacht, ru?

MÁIRÍN: Á, nach beag a chorraíos i ngan fhios dhuit, bail ó Dhia ort. *scarce*

COILMÍN: Shílfeá gur gann a chuaigh lá orthu le bráite a athrú, más fear nó bean atá ag teacht.

MÁIRÍN: Ná heitigh anois mé más é do thoil é. Tabhair aire do Taimín go fóilleach. Ní iarrfainn ort é marach go bhfuil an bheirt againn an-chruógach. *- busy*

COILMÍN: Ní bheidh mise i bhfad ag fosaíocht air mara gcuirfidh sé uaidh scioptha é, bíodh a fhios aige.
(*Ag imeacht. Tagann* JACKIE *ar ais.*)

MÁIRÍN: Maith an fear, a Choilmín. Jackie, caithfidh muid an leaba seo a chóiriú, tá cineál emergency againn.

JACKIE: Oh no, Oíche Nollag!

MÁIRÍN: Meaig Loideáin. *stadas ag baint léi*

JACKIE: Ach ní raibh sí sin le theacht isteach go dtí tús mí Eanáir. (*Ag cóiriú na leapan.*)

MÁIRÍN: Níor mhaith liom an social worker a eiteachtáil.

JACKIE: Ach ba cheart dhuit a rá léi go bhfuil an staff ar saoire.

MÁIRÍN: Is é an dá mhar a chéile dhom é. Tá mé i ladhair an chasúir acu.

JACKIE: Cén chaoi?

MÁIRÍN: Ar ndóigh tá mé i mo chónaí ar an mbaile céanna leo.

JACKIE: So what?

MÁIRÍN: Ní hí Meaig is measa ach an good-for-nothing de mhac atá aici, ag béiciúch orm os comhair chuile dhuine nuair atá a dhóthain ólta aige, ag rá go bhfuil mé ag déanamh éagóir ar a mháthair.

JACKIE: Sin bully-boy tactics. Chuirfinnse na Gardaí ina dhiaidh.

MÁIRÍN: Seo é an chaoi is éasca le déileáil leis.

JACKIE: Éasca? Is ar éigin atá muid in ann déileáil leis an méid atá againn.

MÁIRÍN: Dúirt an social worker go raibh an tseanbhean i ndroch-chaoi, is ní ligfeadh mo chroí dhom gan a theacht i gcabhair uirthi.
            (*Tosaíonn fón póca* JACKIE *ag glaoch. Féachann sí ar an uimhir agus casann sí as an fón gan é a fhreagairt.*)

JACKIE: Sorry, a Mháirín, níl mé ag iarraidh a bheith ag tabhairt amach dhuit ach cuireann an cineál sin daoine mo chuid fola ag fiuchadh.

MÁIRÍN: Tiff?

JACKIE: Ó muise, scéal fada. Inseoidh mé aríst dhuit é. (TAIMÍN is COILMÍN *ag teacht ar ais*.)

COILMÍN: Up our that, isteach anseo. (*Ní theastaíonn ó* JACKIE *go bhfeicfeadh an bheirt brónach í . Tugann sí comhartha do Mháirín agus imíonn sí*.)

COILMÍN: Anois, a chomrádaí, tá tú ar thalamh slán. Ach cé dhó a bhfuil sibh ag cóiriú na leapan? (*Ag suí*.)

MÁIRÍN: Bean a fhágfas smideanna beaga agat, feicfidh tú fhéin.

COILMÍN: Coinneoidh muide coc léi nó is crua an cás é.

TAIMÍN: Duine orainn agus gan duine ar bith dhínn más é toil Dé é.

MÁIRÍN: Áiméan muis.

GLÓR: Nurse? Nurse? (*Ón taobh deas*. COILMÍN *ag tógáil an pháipéir agus* TAIMÍN *ag tóraíocht áit suí. Buailtear in aghaidh chosa Choilmín é*.).

COILMÍN: Breathnaigh romhat. Cén sórt mútáil an deabhail atá ort?

MÁIRÍN: Crap thusa isteach do chuid spreangaidí as an mbealach. Anonn anseo, Taimín.

TAIMÍN: 'Dtáinig fear an phosta?

MÁIRÍN: Eh . . . Níor tháinig sé fós. Suigh síos anois is déan suaimhneas, maith an fear.

TAIMÍN: An mbeidh an sagart ag teacht isteach inniu?

MÁIRÍN: Cén ghraithe atá don sagart anois agat?

TAIMÍN: Faoistin na Nollag ar ndóigh.

MÁIRÍN: Faoistin aríst, ach bhí tú ag faoistin inné.

TAIMÍN: An raibh?

MÁIRÍN: Bhí agus arú inné agus an lá roimhe sin chomh maith, mara bhfuil mé as meabhair.

COILMÍN: Óra, nach bhfuil seabhrán curtha i gcluasa an tsagairt le coicís aige.

MÁIRÍN: 'Raibh tusa ag faoistin a Choilmín?

COILMÍN: Cén ghraithe an deabhail a bhí ag faoistin agam? Tá tú as peaca gnaíúil a dhéanamh ó thiocfas tú isteach anseo.

MÁIRÍN (ag gáire): Ach ar ndóigh d'fhéadfá gach a ndearna tú de pheacaí i gcaitheamh do shaoil a chur i bhfaoistin.

COILMÍN: Ní dhearna mé mo leathdhóthain. Nach deabhlaí tráthúil gurb iad na rudaí is mó sa saol a thugann sásamh do dhuine a mbíonn siad ag glaoch peacaí orthu.

MÁIRÍN: Á, níl baol ar bith nach mbeidh freagra ar chuile rud agatsa.

COILMÍN: M'anam gur fíor dhom é.

MÁIRÍN: Tá sé in am agaibh a bheith ag gliondáil libh a chodladh anois.

COILMÍN: Hea?

MÁIRÍN: Tá chuile dhuine ag dul a chodladh luath anocht mar gheall gurb í Oíche Nollag í.

COILMÍN: Is an mbeidh biongó ar bith inniu againn?

MÁIRÍN: Tá fear an bhiongó ar saoire go dtí théis na Nollag.

COILMÍN: Nár thé an cholera thairis marab é a thráth é.

MÁIRÍN: Sin é anois a bhuíochas théis chomh maith is a bhí sé dhaoibh ar feadh na bliana.

COILMÍN: Ach cén chaoi a gcaithfidh muid an t-am?

MÁIRÍN: Is maith an chiall ag na créatúir nach bhfuil in ann an leaba a fhágáil é.

COILMÍN: Ara, bíonn a muintir isteach is amach le parcels mhóra ag cuid acu sin is gan ag an gcuid eile againn ach ag diúl a gcuid méarachaí.

MÁIRÍN: Luigh ar an leaba anois is bí ag ligean do scíth. Tá lá mór amáireach romhainn.

COILMÍN: Óra, mallacht Dé uirthi mar leaba. Nach inti sin a chaillfear muid.

MÁIRÍN: Gabh i leith uait, a Taimín. Cuirfidh mise a chodladh thú.

TAIMÍN: 'Bhfuil sé chomh fada sin sa lá?

MÁIRÍN: Ní thiocfaidh Santy Claus mara dtiocfaidh tú a chodladh luath.

TAIMÍN: Níl. Níl. Níl mé ag dul ag corraí as seo nó go dtiocfaidh fear an phosta.

COILMÍN: M'anam muise go mbeidh do thóin leathnaithe go maith ag fanacht, nó go dtiocfaidh scolb ar uibheachaí glugair.

MÁIRÍN: All right mar sin, a Taimín. Déanfaidh mé hot whiskey dhuit ós í an Nollaig í.

COILMÍN: Anois tá tú ag caint! Fuisce ar a aghaidh a ólfas mise. _sásta_

MÁIRÍN: Fainic an mbeadh aon chúthaileacht ort dhá iarraidh.

COILMÍN: Níl, ach go raibh leisce orm a rá leat an ghloine a líonadh go barr.

MÁIRÍN: Bhuel, mhairfeá san áit a gcaillfí daoine eile.

COILMÍN: Up our that. Is í an Nollaig í. Nach í, a Taimín?

TAIMÍN: Is í faraor.

MÁIRÍN: Á, ná bí brónach, a Taimín. Bain sásamh as an Nollaig agus grá mo chroí thú.

Is duine grámhar í Máire.

ag iarraidh scéal/ carta óna chlann

TAIMÍN: Ní bheidh aon uaigneas orm nuair a thiocfas dhá
          líne de litir uaidh.

MÁIRÍN: Ar ndóigh bíonn an posta mall an tráth seo
          bliana. B'fhéidir go mbeadh sé théis na Nollag
          nuair a thiocfas an litir sin.

TAIMÍN: Hea? Á, Dia linn más in é an chuma é is gan aon
          duine sa domhan agam ach é.

MÁIRÍN: Oh Lord. Coinnigh ag caint leis ansin go
          fóilleach, a Choilmín . . . an créatur. (*Ag
          imeacht.*)

COILMÍN: Fan anois go mbeidh cupla gloine puins caite
          siar agat, a Taimín. Sin é an buachaill a
          thabharfas an misneach dhuit.

TAIMÍN: Níl mé dhá iarraidh.

COILMÍN: Tóg chuile rud dá bhfaighidh tú in aisce, a
          dheartháir. Sin í mo chomhairle-sa dhuit.

TAIMÍN: Níor thaithnigh súdaireacht ariamh liom.

COILMÍN: Ní súdaireacht é ach rud atá ag dul dhúinn. Cé
          le haghaidh a raibh muid ag votáil dhóibh?
          State cars ag imeacht acu sin is gan againne ach
          dár scríobhadh fhéin. Ach bhuail mise cuntar
          istigh san oifig acu. Bobby Molloy is Máire
          Geoghegan is gach a raibh ann acu. "Do Fianna
          Fáil a votáil chuile mhac máthar ariamh againn,"
          a deirimse. M'anam nach raibh mise ag dul ag
          fágáil barr na háite nó go bhfaighinn aird.

TAIMÍN: Níor iarr mé tada ariamh ar cheachtar acu. Ach
          é a shaothrú le allas mo chnámh.

COILMÍN: Bhí díth céille ort. Deabhal tap oibre a rinne
          mise ariamh cé is móite de chupla bliain a

chaith mé i Sasana. Deabhal mórán de mo chuid allais a d'fhág mé ansin ach oiread; nach raibh mise ag dul do mo mharú fhéin do na bastardaí is an bhail a d'fhág siad ar mo thír leis na céadta bliain.

TAIMÍN: Deir siad nach raibh tada le fáil in aisce i Sasana.

COILMÍN: Bugger all, a dheartháir. Ní raibh goir ar bith aici ar Éirinn théis a raibh de chac an tairbh acu. Ag éirí ag a sé a chlog ar maidin, báite go craiceann amuigh ar an mbildeáil. Foc an chraic seo a deirimse. Tháinig mé abhaile agus chuaigh mé ar an dól. Sin é an uair a bhí an saol agam: ag ól pórtair chuile oíche is ag déanamh poillín in airde sa leaba nó go mbíodh sé ina mheán lae . . . An-tír í seo, a Taimín. Fuair mé drad fiacla saor in aisce. Fuair mé electric saor in aisce. Bhínn ag fáil vouchers le haghaidh éadach is bróga. Chuir siad isteach an fón dhom. Medical card go dtí fiú amháin an mada, a dheartháir – bhí mé ag fáil an oiread seo sa tseachtain le Pedigree Chum a cheannacht dhó.

TAIMÍN: An mada?

COILMÍN: An mada, ach m'anam gur pórtar a cheannaigh mise ar luach an Phedigree Chum is gurb í an bhróg faoin tóin a fuair an mada.

TAIMÍN: Ó, a Dheaidín go deo, fainic, cail sé?

COILMÍN: Cé hé?

TAIMÍN: An mada. Here, Fáinne! Good dogeen.

COILMÍN: Nach bhfuil an bhitch de mhada sin caillte le fada.

TAIMÍN: Caillte? Á, Dia linn. B'fhurasta aithne . . .
Fáinne bocht.
(MÁIRÍN *ar ais le hot whiskey do Choilmín agus Taimín.*)

MÁIRÍN: Anois, a Taimín. Nollag shona dhuit.

[handwritten: Tá Taimín imigh as a mheabhair]

TAIMÍN: Tá an mada caillte.

MÁIRÍN: Cén mada?

TAIMÍN: Marar nimh a thóg sé.

COILMÍN: Ní ar do mhadasa a bhí mé ag caint beag ná mór ach ar sheanmhada a bhí agam fhéin fadó.

MÁIRÍN: Ól é seo anois is ná bí ag déanamh imní.

COILMÍN: Á, muise má choinníonn tusa líonta iad seo nach mbeidh aon imní orainn.

MÁIRÍN: Má bhí maith ann d'ól tú do dhóthain. (*Ag imeacht.*)

COILMÍN: Níor ól ná mo leathdhóthain . . . Up De Valera! (*Ag ól deoch.*) A dheabhail, is é a laghad a locht. Is deabhlaí an tart a bhí orm an bhliain ar ól mé an teach, a Taimín.

TAIMÍN: An teach?

COILMÍN: D'ól. Bhí an talamh ólta roimhe sin agam ó gharraí go garraí. Ní raibh mogall fanta *[handwritten: remained]* agam ach an seanteach. Chuaigh mé in éadan an bhord sláinte as cosa i dtaca nó gur chuir siad díon nua air dhom. Nuair a fuair mise deisithe é, "Up Scrathachaí," a deirimse is d'fháisc mé "For Sale" air. Níor fhág mé teach an óil nó go raibh an punt deiridh caite siar agam.

TAIMÍN: Ó, 'choirseacan Chríost orainn, ní raibh mogall fanta ansin agat.

COILMÍN: Isteach liom, a dheartháir, go dtí Éamon an Chnoic. "Do De Valera a vótáil muid ariamh," a deirimse. "Tá mé ag iarraidh teach council." "Ach dhíol tú an teach a bhí agat," a deir sé. "Caithfidh muid a bheith coinsiasach i dtaobh na rudaí seo." "Níl aon mhaith déanta más cúrsaí coinsias é," a deirimse. Isteach liom go dtí oifig Frankín. Sin é a fuair isteach anseo mé. "Is fearr dhuit é ná teach council," a deir sé, "beidh do bhéile leagtha ar an mbord maidin is tráthnóna," a deir sé.

TAIMÍN: Tabhair buíochas le Dia nach ag codladh amuigh chois an chlaí atá tú.

COILMÍN: Níor bhreathnaigh mé romham ceart nuair a dhíol mé an talamh, siúráilte. Scaoil mé uaim ar half nothing é. Gheobhainn lán ladhair air dhá gcoinneoinn go dtí anois é. Bheinn ag fanacht thoir sa Hotel uilig agus cead acu a bheith do m'iompar suas an staighre nuair a bheadh mo dhóthain ólta agam chuile oíche.

TAIMÍN: B'fhearr liom a dhul a chodladh i mo throscadh ná aon gharraí de thalamh mo mhuintire a dhíol.

COILMÍN: Díolfar taobh thiar de do dhroim ar ball é. Cén mhaith atá ort anois ach oiread liomsa? Nach bhfuil an bheirt againn sa mbád céanna.

TAIMÍN: Marach gur chaill mé an t-amharc ar ndóigh.

COILMÍN: Óra, a dheartháir, b'in é lá na hádha dhuit. Iomarca den sclábhaíocht sin a bhí feicthe agat. Caith siar í sin is ná lig di fuarú.

TAIMÍN: Deabhal dúil a bhí in ól ariamh agam.

COILMÍN: Dea-scéala ó Dhia again. Sín agam anseo í is
            tabharfaidh mise Down the Banks di. Up
            Scrathachaí, a dhearthár. (*Tógann sé gloine
            Taimín agus ólann sé deoch.*) Is é an trua gur
            chuir sí uisce ar bith ann, dhá mhilleadh.
            (*Tagann* SALLY *isteach ina culaith oíche.*)

SALLY: Taxi? Taxi? Oh hello. Where am I?

COILMÍN: Hello, Sally.

SALLY: Where am I?

COILMÍN: Hong Kong, a dheirfiúr, on holidays.

SALLY: Hong Kong? Oh gosh, I must have slept during
            the flight.

COILMÍN: You did. Srannadh all the way, a dheirfiúr.

TAIMÍN: B'in í a bhfuil an tsifil ag imeacht uirthi?

COILMÍN: Happy Christmas, Sally.

SALLY: Oh my God, it's Christmas! Let's celebrate.
            Waiter? Waiter? Bring a bottle of champagne.

COILMÍN: Up Scrathachaí!

SALLY: Is this your apartment?

COILMÍN: B and B, meself and Taimín.

SALLY: Wonderful, you're my new boyfriend.

COILMÍN: Easy, a sclíteach. Easy is ná dóirt mo dheoch.
            (*Tosaíonn an fón ag glaoch.*)

TAIMÍN: Fón! Fón aríst! Nurse! Fón!

COILMÍN: Píoblach air mar fón. Scaoil tharat é.

SALLY: Oh dear, I bet it's my partner. Sssh . . . sssh!

TAIMÍN: Fón! Fón!

COILMÍN: A dheabhail, stop, coinnigh amach ón bhfón,
            maith an bhean.

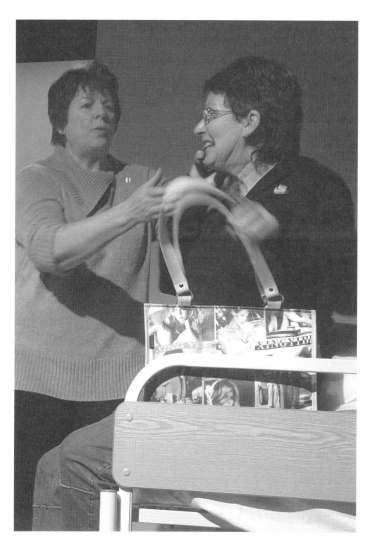

MÁIRÍN: Ach cé as a d'éirigh tusa aríst? Come on!

SALLY: Hello, darling . . . No . . . no . . . This is Hong Kong.

COILMÍN: Á, a dheabhail . . . No, a sclíteach, ní raibh mé ach ag magadh.

(MÁIRÍN *isteach*.)

MÁIRÍN: Oh Lord . . . Hello, Áras na nAosach . . . Tá brón orm, Tommy. Sin duine de na patients a d'fhreagair an fón . . . All right gheobhaidh mé anois dhuit í. Jackie? Jackie?

JACKIE (*le cloisteáil ó chlé*): Sea?

MÁIRÍN: Fón, a Jackie. Coinnigh an líne, Tommy. Ach cé as a d'éirigh tusa aríst? Come on!

SALLY: No no. We're having a party. This is Coilmín's apartment.

MÁIRÍN: Ó, a liúdramáin, chuirfeá paróiste thrína chéile.

COILMÍN: Nár fhógair mé ar an antichrist gan an fón a fhreagairt.

MÁIRÍN: Bhuel, ná habair go bhfuil a dheoch meallta ó Taimín agat.

COILMÍN: Ar ndóigh ní raibh aon dúil aige ann, a deir sé.

MÁIRÍN: Bhuel d-ólfá aníos as wellington é.

COILMÍN: Up Scrathachaí!

MÁIRÍN: An ólfaidh tú mug tae ina áit, a Taimín?

TAIMÍN: M'anam nach mbeadh aon locht ar an tae.

MÁIRÍN: Come on, Sally, nó go ndéanfaidh muid an tae.

SALLY: Let's have champagne and caviar. Waiter, put it on my account. (*Imíonn siad agus* JACKIE *ar a bealach isteach*.)

JACKIE: Hello? Dúirt mé leat gan glaoch orm ar an bhfón seo, Tommy . . . Níl mé ag iarraidh labhairt le duine ar bith faoi láthair . . . No, Tommy. Níl sé d'am agam . . . Níl anseo ach mé fhéin agus an Mátrún . . . Ach ní féidir liom. No, níl mé ag iarraidh aon bhronntanas . . . Ní dhearna tú tada orm. Tá muid sách fada ag dul amach le chéile. Tá mé ag iarraidh briseadh faoi láthair . . . Níl tada le plé, Tommy . . . Bhuel bíodh a fhios agat anois é . . . No, a dúirt mé . . . Orm fhéin atá an locht. Tá mé ag iarraidh a bheith asam fhéin faoi láthair . . . No, Tommy, níl mé ag iarraidh thú a fheiceáil agus sin sin. (*Cloiseann* Máirín *na cúpla focal deiridh agus í ar a bealach ar ais le tae.*)

MÁIRÍN: 'Bhfuil tú ceart go leor, a Jackie?

JACKIE: Tá. Yeah.

MÁIRÍN: Meall leat a chodladh í aríst, maith an bhean.

JACKIE: Come on, Sally. (*Ag imeacht.*)

SALLY: I have fallen in love with Coilmín.

COILMÍN: Up our that! Dar fia tá blaze uirthi sin ag imeacht.

MÁIRÍN: Ná tarraing ort í nó céasfaidh sí thú.

COILMÍN: M'anam go mbainfeadh duine rattle fós aisti.

MÁIRÍN: Stop, a bhligeaird.

COILMÍN: Up our that!

MÁIRÍN: Codlóidh tú go breá ina dhiaidh seo. Anois, a Taimín . . .

TAIMÍN: Níl aon chodladh orm.

MÁIRÍN: Beidh sé ort nuair a luífeas tú ar an leaba. Ar ndóigh tá chuile dhuine eile imithe a chodladh anois ach an bheirt agaibhse.

COILMÍN: Deabhal leaba a thaobhaigh mé ariamh roimh an dó a chlog ar maidin nó go dtáinig mé isteach anseo.

MÁIRÍN: Bhuel, tá rialachaí ag an mBord Sláinte agus caithfidh muid géilleadh dhóibh.

COILMÍN: Óra, go gcrocha an diabhal san aer iad fhéin agus a gcuid rialachaí. Ná tabhair aird ar bith orthu.

MÁIRÍN: Ní tusa a chaithfeas a bheith freagrach dhóibh ach mise.

COILMÍN: Tá aird acu ort go deimhin Oíche Nollag. Líon í seo aríst is grá mo chroí thú. *ag iarraidh níos mó dí*

MÁIRÍN: Tá do chion faighte anois agat, a Choilmín.

COILMÍN: Á, blood an' ouns, agus mo theanga bheag amuigh leis an tart.

MÁIRÍN: Tabharfaidh mé isteach gloine uisce agat: is é is folláine.

COILMÍN: Fág amuigh i dtigh deabhail é. Gheobhaidh muid a ndóthain fíoruisce faoi thalamh. (*Tosaíonn solas gorm ag lasadh agus ag múchadh ar chúl an lucht éisteachta.*)

MÁIRÍN: Oh Lord . . .

COILMÍN: Aire dhuit anois.

MÁIRÍN (*os ard*): Jackie? 'Bhfuil an tae ólta, a Taimín?

TAIMÍN: Cén tae?

MÁIRÍN: Oh Lord, beidh sé fuaraithe. Thug mé isteach cupán tae agat.

TAIMÍN: Ní fhaca mise aon tae.

MÁIRÍN (*ag cur cupáin ina láimh*): Caith siar anois é go beo agus gabh a chodladh. 'Bhfuil an ghloine sin folmhaithe agat, a Choilmín?

grá don ól

COILMÍN: Ní bheidh aon chall níocháin uirthi seo. Beidh sí nite agus lite le mo theanga agamsa.

MÁIRÍN: Caithfidh sibh a dhul a chodladh anois as an mbealach. (*Ag imeacht. Torann veain.*) Jackie?

COILMÍN: Ach meas tú cé atá ag teacht anois?
(JACKIE *trasna an stáitse.*)

TAIMÍN: B'fhéidir gurb é fear an phosta é.
(*Solas gorm ag teacht níos gaire.*)

COILMÍN: Cén uair a chonaic tú ambulance ag fear an phosta?

TAIMÍN: Ó, a dheaidín, b'fhéidir gur duine eicínt atá ag fáil bháis.

COILMÍN: Seas suas, a dheartháir. Chrochfaidís sin chun bealaigh thú dhá bhfeicfidís néal ar bith sa gcathaoir ort.

TAIMÍN (*ag éirí*): Meas tú?

COILMÍN (*ag ól an bhraoin deiridh*): Á, Dia linn. Is ar éigin atá an blas bainte de mo bhéal aige. Dhá mbeadh ceart le fáil anois ar ndóigh . . . Ba cheart go mbeadh leathbharaille pórtair agus cupla buidéal fuisce le taobh an chribín sin is cead againn fhéin a bheith ag baint deoch as.

TAIMÍN: Cén taobh ar thug an ambulance a haghaidh?

COILMÍN: Tá siad ag tógáil strúiméad eicínt amach aisti thíos ag an doras tosaigh.

TAIMÍN: Is mór an mhaith nach isteach inti a bheadh siad ag cur aon duine.

COILMÍN: Deabhal ar mhiste liom dhá dtabharfaidís ag an bpub ar feadh cupla uair an chloig muid.

TAIMÍN: Níl mé ag iarraidh a dhul ann.

COILMÍN   (*ag líochán béal an ghloine lena theanga*):   Mo choinsias muise, is gearr go mbuailfidh mise bord ag na politicians aríst.   Tá na bastardaí ag caitheamh airgid leis na ruifínigh seo atá ag teacht isteach as Poland agus an Lithuania agus mo leithid-sa a shaothraigh an saol fágtha anseo gan fliuchadh a mbéil Oíche Nollag. (*Tagann* JACKIE *isteach le mála siopa, a bhfuil éadach Mheaig thíos ann, agus leagann sí le taobh na leapan é.*)

COILMÍN: Cé atá ag teacht, ru?

JACKIE: Meaig Loideáin.

COILMÍN: Meaig Loideáin as Baile an Ghrafa?

JACKIE: Is í sílim. (*Ag imeacht amach faoi dheis.*)

COILMÍN: Á muise, fáilte an deamhain is an deabhail roimpi.

TAIMÍN: Ab é fear an phosta atá ag teacht?

COILMÍN: Ní hé faraor ach antichrist a bhfuil contúirt uirthi.   *— faoi Mheaig*

TAIMÍN: Cé atá a deir tú?

COILMÍN: Tá do chuid suaimhneas ar iarraidh anois má tá an agóid sin leaindeáilte.

MÁIRÍN   (*le cloisteáil ó chlé*):   Is gearr go mbeidh agat anois, a Mheaig.

MEAIG   (*le cloisteáil ó chlé*):   Ó, a Dheaidín. (*Tagann* JACKIE *isteach ón taobh deas le cathaoir róthaí agus socraíonn sí os comhair na leapan í.   Iad ag teacht ar an stáitse le* MEAIG, MÁIRÍN *faoi ascaill amháin agus* DARACH *faoin ascaill eile.*)

MÁIRÍN: Ná bíodh faitíos ort, a Mheaig, tá duine againn ar chaon taobh dhíot.

MEAIG: Go saolaí Dia sibh, a leana. Ní bheadh stró ar bith orm marach gur chlis na cosa orm.

MÁIRÍN: Suigh síos sa gcathaoir anois, a Mheaig.

MEAIG: Ó, a Dheaidín go deo agus go brách. Mo chnámha. (*Ag suí.*)

DARACH (*cúpla deoch mhaith ólta aige*): Tá tú sound anois, a Mhama.

MEAIG: Cén áit é seo, a mhaicín?

DARACH: Eh . . . seo é an t-ospidéal, a Mhama.

MEAIG: Ó, a Dheaidín. Cén sórt ospidéal?

MÁIRÍN: Áit do sheandaoine, a Mheaig Beidh tú an-chompóirteach.

MEAIG: Tá mé ag iarraidh a dhul abhaile.

DARACH: Ar ndóigh, Jaysus, ní raibh an baile ariamh chomh maith leis an áit seo. (*Luíonn siar ar an leaba.*) 'Bhfeiceann tú: leaba bhreá chompóirteach, central heating agus chuile feckin' rud.

MEAIG (*le cumha*): Tabhair abhaile as seo mé, a mhaicín.

MÁIRÍN: Déan suaimhneas anois, a Mheaig, maith an cailín.

MEAIG: Cail tú agam, a mhaicín?

DARACH: Beidh tú sound, a Mhama.

MÁIRÍN: Is féidir leatsa a bheith ag imeacht anois. Breathnóidh muide ina diaidh.

MEAIG: Ná himigh uaim, a Dharach, ná himigh, a mhaicín.

DARACH: Jays, ní maith liom corraí nó go socróidh sí síos.

MÁIRÍN: Caithfidh muid éadach a athrú ort anois, a Mheaig.

MEAIG: Á, go bhféacha Dia orainn. Tá a fhios ag chuile

	dhuine céard atá caite ach níl a fhios ag aon duine cén tuairteáil atá le theacht.
MÁIRÍN:	Tá an t-éadach greamaithe dá craiceann.
JACKIE:	Caithfidh muid bath a thabhairt di.
MÁIRÍN:	Gabh i leith uait anois, a Mheaig, nó go dtabharfaidh muid bath dhuit.
MEAIG:	Óra, a Dheaidín, cén sórt bath i lár an gheimhridh!
MÁIRÍN:	Ach beidh an t-uisce deas te.
MEAIG:	Má tá anois bígí fhéin ag slupáil ann . . . ach deabhal fad mo choise-sa atá ag athrú as an éadach seo nó go scairte grian an tsamhraidh.
DARACH:	Ara, deabhal bath ag teastáil uaithi, tá sí sound.
MÁIRÍN:	Caitheann chuile dhuine bath a thógáil istigh anseo.
MEAIG	(ag spréachadh): Fanaigí glan orm a deirim! Go speire an deabhal sibh fhéin agus a gcuid bathannaí! Scaoil uait mo láimh!
DARACH:	Haigh haigh! Leag as, a Mhama. Lig de do chuid ropaireacht.
MEAIG:	Níl mé ag iarraidh aon bhath. Is beag an bath a bhí ag an Maighdean Mhuire, is thug sí rí an domhain isteach ar an saol.
MÁIRÍN:	Lig di anois, a Dharach, is ná cur in adharc an chochaill í.
MEAIG:	Dar priosta, ní mise an ribín réidh má tharraingíonn sibh oraibh mé.
DARACH:	Bhuel, that's for fuckin' sure.
MEAIG:	Tabhair abhaile as seo mé, a Dharach.
DARACH:	Jaysus, cén sórt abhaile, is chomh maith is atá sé

	saoraithe agam ag iarraidh thú a fháil isteach san áit.
MÁIRÍN:	'Bhfuil dúil i mbraon tae agat, a Mheaig?
MEAIG:	Ó, a leana, thabharfainn mo dhá shúil ar mhug tae.
MÁIRÍN:	Ligfidh muid dhi anois ar feadh cupla nóiméad. Rith an bath, a Jackie.
MÁIRÍN:	Anonn leat is suigh thall ansin thusa, a Dharach. Beidh muid fhéin in ann déileáil léi.
DARACH	(*trasna go dtí Taimín agus Coilmín*): Tá sí ina deabhal nuair a chailleann sí an block. Ah, bhuel, fuck me pink ach breathnaigh an áit a bhfuil Coilmín an Bhreathnaigh ar gor. Cén chaoi a bhfuil tú, a chunt?
COILMÍN:	Deabhal maith ag casaoid ar ndóigh, chomh fada is atá duine ar an taobh ceart den scraith.
DARACH:	Tá clóic ort go deimhin, a scuit. 'Mhama, 'bhfeiceann tú an conús atá ar ancaire anseo? (*Tugann* MEAIG *agus* COILMÍN *súil ghéar ar a chéile.*)
MEAIG:	Tabhair abhaile mé a deirim.
DARACH:	Ag dul in aois na hóige atá tú, a bhastaird, théis ar thug tú de bhattereáil ariamh dhuit fhéin.
COILMÍN:	Aimsir sách pruisleach, a Dharach.
DARACH:	Tá sí ina bitch.
COILMÍN:	Chuirfeadh sé fuacht ort ag breathnú amach thríd an bhfuinneog.
DARACH:	Is fearr de focain aimsir ag breathnú amach í ná ag breathnú isteach ar chuma ar bith.
COILMÍN:	Tá sé ráite anois agat.

(*Tagann* Máirín *ar ais, tae i gcupán le gob as aici*.)

MÁIRÍN: Anois, a Mheaig, ól as a ghob é seo is ní dhóirtfidh tú é.

MEAIG: Ó, a Dheaidín, cén sórt sine mhuire í seo? (*Níl focal as* MEAIG *agus* MÁIRÍN *á tabhairt léi sa gcathaoir*.)

DARACH: Tá a fhios ag Mac Dé go bhfuil sí meallta leo acu is mé a cheapadh go gcuirfeadh sí na spoir i dtalamh as cosa i dtaca.

COILMÍN: M'anam nach bhfuil aon mhaith ag tabhairt a ndúshlán istigh anseo, deirimse leat.

(TAIMÍN *tar éis éirí agus dul ar a ghlúine os comhair Dharach*.)

TAIMÍN: In Ainm an Athar is an Mhic is an Spioraid Naoimh, Áiméan.

DARACH: Cén sórt frakes atá air seo?

TAIMÍN: An tú an sagart?

DARACH: Sagart. Not feckin' likely. Is túisce a chuirfí collar ar Bhin Laden, a dhearthair, ná ormsa. Ha ha ha!

COILMÍN: Ní hé, a Taimín. Comharsan liomsa é Darach.

TAIMÍN: Ab ea? Ní fhaca tú mo mhada ag corraí in aon áit?

DARACH: Cén sórt feckin' mada?

COILMÍN: Bá is múchadh agat air mar mhada. Caith tharat é. (*Imíonn* TAIMÍN *anonn is anall ag feadaíl ar a mhada. Déanann* DARACH *comhartha lena mhéar, ag fiafraí an bhfuil sifil ar Taimín*.) Tá sé ina show uilig ó tháinig an Nollaig. Cén bhrí ach ní léir dhó a lámh.

DARACH: Cén taobh arb as é? (*Tógann* DARACH *naigín fuisce as a phóca agus ólann sé deoch as sul má chuireann sé ar ais aríst é. Dúil an deabhail ag* COILMÍN *i ndeoch*.)

COILMÍN: Taimín Chualáin as na Clocha Scoilte.

DARACH: Ab in é an chunt a bhíodh ina ghanger ag an gcouncil?

COILMÍN: An fear ceannann céanna.

DARACH: Á bhuel, fuck me pink. Tá chuile dhuine ag dul ó aithne orm ó tháinig mé abhaile as Sasana.

COILMÍN: Cén chaoi a raibh an áit thall?

DARACH: Feckin' mighty, a dheartháir. Bhí mo chuid oibre fhéin agamsa – hymac is cupla truck.

COILMÍN: Óra, a dheabhail!

DARACH: Feckin' sure, a dheartháir. Dara Lydon, Civil Engineering.

COILMÍN: Fair play dhuit. Dalladh oibre agat?

DARACH: Feckin' flat out, a dheartháir: footings, drainage – you name it. Bhí muid ag obair all over the place. Rinne mé píosa mór oibre istigh i mBuckingham Palace. *An bhfuil sé i ndaoire?*

COILMÍN: Buckingham Palace?

DARACH: Feckin' sure, a mhac. B'éigin dhom líne nua píopaí a chur síos de bharr go mbíodh an sewerage ag blockáil ann.

COILMÍN: Ní hiontas ar bith é.

DARACH: That's for feckin' sure.

COILMÍN: Is ab í an bhanríon a d'iarr ort na píopaí a chur síos?

DARACH: Rinne mé píosa mór oibre istigh i mBuckingham Palace.

DARACH: Not feckin' likely, a dheartháir. George Potter, an head kiddy ar cheann de na firms is mó i Sasana. "I need your help, Paddy," a deir sé liomsa nuair a ghlaoigh sé. Cén bhrí ach bhí mé ar an tear an tseachtain chéanna. "What's wrong, George?" a deirimse. "I need to get a line of pipes down at the Palace before Monday morning," a deir sé. "I'm your man, a mhac," a deirimse. "No messing, Paddy," a deir sé. "You must be out of there before the Queen returns on Monday." "No bother, a mhac," a deirimse. "She'll be able to sit on the throne again on Monday," a deirimse. Á, muise téaráil muid isteach ann, mé fhéin is cupla méit a casadh sa bpub liom. Maidin Dé Sathairn a thosaigh muid. Right through the night, a mhac. Trí a chlog tráthnóna Dé Domhnaigh a leaindeáil George is muid ag craitheadh gráinne síol féir sa trinse. "You're a mighty man, Paddy," a deir sé.

COILMÍN: By Dad. - *ag creideamh a scéil*

DARACH: Paddy a thugadh sé i gcónaí orm. Tá mé a cheapadh nach raibh an chunt in ann Darach a rá ceart. "No bother, George," a deirmse. Seacht míle punt a chuir sé síos i mo phóca.

COILMÍN: Seacht míle punt?

DARACH: "Money no object here, Paddy," a deir sé. Chaith muid trí seachtainí ar an tear ina dhiaidh.

COILMÍN: Is deabhlaí a tháinig tú abhaile má bhí an cineál sin airgid le saothrú ann.

DARACH: An bhean ar ndóigh. Ar an feckin' warpath

chuile lá. A cheapadh gur mó seans a bheadh ag na gasúir dhá ngabhfaidís ag an scoil in Éirinn. Deabhal isteach in éineacht leis an tseanlady a bhí an bhitse sásta a dhul ansin nuair a tháinig muid abhaile nó go mb'éigin dhúinn teach a fháil ar cíos. Ní shásódh an deabhal feckin' mná. Sciolladh ar maidin, meigeallach aríst tráthnóna. "Ara, fuck this crack," a deirimse, "tiocfaidh mé soir ag an bpub san áit a mbeidh ómós dhom."

COILMÍN: Sin é an deasú air.

DARACH: Feckin' sure, a Choilmín. Tá suaimhneas ag mo dhá chluais ó stop sí ag caint liom.

COILMÍN: A dhuine bhoicht, ná habair nach bhfuil sí ag labhairt leat.
bcagán mea...

DARACH: 'Bhfuil a fhios agat céard a rinne an striapach?

COILMÍN: Céard?

DARACH: An feckin' suitcase a leagan taobh amuigh den doras nuair a tháinig mé abhaile ón bpub. "Scuab anois," a deir sí, "is ná taobhaigh an teach seo aríst nó go mbeidh an t-ól tugtha suas agat." *faa aig* "Gabh suas ort fhéin, a chunt," a deirimse, "b'fhearr liom ag pógadh pionta pórtair oíche ar bith den tseachtain ná ag breathnú ar do straois."

COILMÍN: Sách ráite, m'anam.

DARACH: Bhuail mé aniar ag an tseanlady. Is aici a bhí an fháilte romham, a dheartháir.

COILMÍN: Céard faoi na gasúir?

DARACH: Óra, dhá raiteog a bhfuil gob orthu cosúil léi fhéin. "Give up the drink, Daddy, give up the *duine maslach dá pháistí*

| | drink." Saigheadta aici fhéin ar ndóigh. "Ní oraibh atá an tart," a deirimse, "ach ormsa." |

COILMÍN: Á, a dheabhail, níor cheart dhuit titim amach le do chuid gasúir. *tá ciall ag Choilmín*

DARACH: Níor thit mé amach leo; nach iad fhéin a thit amach liomsa. Tá said an-mhór leis an tseanlady. Thagadh Lily isteach aici chuile thráthnóna ó thosaigh an siúl ag imeacht uaithi. (*Tagann* JACKIE *ar ais ar thóir éadach glan i mála Mheaig.*) Chuirfinn geall go bhfuil sí ag tabhairt a ndushlán.

JACKIE: 'Bhfuil aon éadach glan aici ach an méid seo?

DARACH: Cén sort éadach?

JACKIE: Underwear, nightdress . . .

DARACH: Fuair tú amach é. Deabhal feckin' pyjamas ná nightdress a bhí sa teach s'againne ó rugadh mé. Ha ha!

JACKIE (*ag imeacht*): Níl aon chead a bheith ag eascainí istigh anseo. *ag déanamh ngamhawrd do na naloche*

DARACH: Á bhuel, fuck me pink, is gearr a bheas cead ag duine broim a ligean, ach Dia a bheith láidir.

COILMÍN: Á, a dheabhail, leag as is ná tarraing ort í.

DARACH: Nár thé an cholera thairsti le gob a bheith ag imeacht uirthi. Tá cearta agamsa chomh maith léi.

COILMÍN: Ar ndóigh tá a fhios agamsa go bhfuil ach caithfidh tú go leor a scaoileadh tharat istigh anseo.

DARACH: A leithidí sin anois atá ag déanamh bitch den tír. Feckin' helicopter ag faire ort má lasann tú tom thíos sa ngarraí. An t-arm i do dhiaidh má théann tú amach ag iascach cupla bradán. Bean an dól i do dhiaidh má bhaineann tú leoraí móna. Níl leaid in ann feck all a dhéanamh sa tír seo anois ach bualadh soir ag an bpub chuile lá. Níl aon suaimhneas le fáil thoir ansin fhéin anois: go gcaithfidh tú a dhul amach taobh amuigh den doras ag caitheamh gail.

COILMÍN: By Dad, is deacair a dhul ag sáraíocht ort.

DARACH: Ní raibh tada den obair seo i Sasana, a dheartháir. Feckin' dictators atá ag ritheacht na tíre seo anois. Is gearr go mbeidh chuile phub i gConamara dúnta acu. (*Tógann* DARACH *an naigín fuisce as a phóca arís agus ólann deoch.*) An ólfaidh tu streall dhe?

COILMÍN: Á muise, nár chaille mé choíchin thú ach san áit a bhfaighidh mé aríst thú! (*Ag ól.*)

DARACH: Téifidh sé suas thú.

COILMÍN: Á muise, a dheabhail, níl aon cheo in ann líonán a chur leis an bputóg ach é.

DARACH: Bain striuncán eile as.

COILMÍN: Up De Valera! Á, ní raibh sé ina Nollaig go dtí anois.

(*Cloistear* MEAIG *ag argóint.*)

MEAIG: Fág mo bhealach a deirim! 'Dharach! 'Dharach!

DARACH: Dar fia, is é an chaoi a gcaithfear croimeasc agus púicín a chur uirthi seo.

COILMÍN: Á, a dheabhail tabhair triáil dhi. Tá an áit aduain ina súile fós.

DARACH: Is dóigh gur fíor dhuit é.

COILMÍN: Níl gair ag hotel ar bith ar an áit seo marach duine a bheith sáinnithe istigh ann.

DARACH: Is fearr é ná focain Loughrea ar aon chaoi.

COILMÍN: Ó, díleá ar a bhfuil thoir ann. Níl aon nádúr ceart ach sa rúta a chleacht duine.

DARACH: Tá sé ráite anois agat.

(*Tagann* MÁIRÍN *agus* JACKIE *ar ais le Meaig i gcathaoir rothaí.*)

MÁIRÍN: Anois, a Mheaig. Tá tú i do chailín óg aríst.

MEAIG: Cail Darach? 'Dharach?

DARACH: Ó, a bhitch go deo, tá tú i do film star, a Mhama. Caithfidh sé gurb é an powerhose a thug said do t'éadan.

MÁIRÍN: Abair oíche mhaith léi anois, a Dharach. Tá sé in am baile.

MEAIG: Tá agus thar am. (*Ag iarraidh éirí.*) Gabh i leith uait, a mhaicín, nó beidh sé ina horo diggidy.

MÁIRÍN: Go réidh anois, a Mheaig. Beidh sé isteach aríst amáireach le thú a fheiceáil.

MEAIG: Ó, 'choirseacan Chríost orainn! Ná himigh do m'uireasa, a Dharach.

DARACH: Gheobhaidh tú aire mhaith anseo, a Mhama.

MEAIG: Bhí mé ag fail aire na huibhe mar a bhí mé. Lily, where are you a leainín?

MÁIRÍN: Teastaíonn scíth uait, a Mheaig. Abair oíche mhaith le Darach anois.

MEAIG (*ag breith greim láimhe air*): Á, a mhac, ná tréig do mháthair ar an oíche bheannaithe atá ann.

DARACH (*go goilliúnach*): Ach is ar mhaithe leat atá mé, a Mhama.

MEAIG   (*a glór ag briseadh*): Ní bheinn ag cur trioblóide
           ar aon duine marach gur imigh an siúl uaim.

MÁIRÍN: Amach ag ól deoch atá sé a dhul. Beidh sé ar ais
           faoi cheann uair an chloig. (*Nod do Dharach*.)

MEAIG: Go sábhála Dia ar bhóthar is ar bhealach thú, a
           leana. Mionnaigh dhom anois nach bhfágfaidh
           tú anseo mé.

           (DARACH *i sáinn*.)

MÁIRÍN: Ní fhágfaidh sé. Is beag an baol air. (*Nod eile.*
           Téann DARACH *i dtreo an lucht féachana go*
           brónach.) Déan eadra breá codlata anois, maith
           an bhean, is ní aithneoidh tú thú fhéin nuair a
           dhúiseos tú. (*Ag brú cathaoir Mheaig go dtí*
           taobh na leapan.) Beidh tú breá compóirteach
           sa leaba seo anois, a Mheaig.

MEAIG   (*uaill agus ag bagairt le maide*): Níl mé ag dul in
           aon leaba ná deabhal fad mo choise! Coinnígí
           amach uaim.

MÁIRÍN: Lig do scíth ansin go fóilleach, mar sin. Faigh
           thusa a gcuid medicine agus cuirfidh muid a
           chodladh iad seo.

JACKIE: Céard fúithi seo?

MÁIRÍN: Eh? Tabhair leath valium dhi a shuaimhneos í.
           (JACKIE *ag imeacht*.) Éalaigh leat anois is titfidh
           sí ina codladh.

DARACH: Jays, shíl mé nach raibh tada in ann goilliúint
           orm ach bhainfeadh sé seo deoir as na clocha
           glasa.

MÁIRÍN: Ná cloiseadh sí ag gleo anois thú.

DARACH: Tá a fhios agam go bhfuil an deabhal craite ar

chuile bhealach orm ach, Jaysus, níor mhaith
liom go bhfaigheadh sí amach bréagach mé.

MÁIRÍN: Tá sí ag staid dá saol anois go bhfuil an fhírinne
níos goilliúnaí di ná an bhréag.

DARACH: Ach is é díol an deabhail droim láimhe a
thabhairt do do mháthair ar an gcuma seo.

COILMÍN: Deabhal neart a bhíos ar na rudaí sin, a
Dharach.

DARACH: By Jays, ní bheidh sé le rá go brách aici go
ndearna mé aon séitéireacht uirthi. (*Téann sé*
trasna.) 'Mhama?

MEAIG: Céard atá ort, a mhaicín?

DARACH (*ag cúlú*): Tada, a Mhama, tada.

MEAIG: Ná fág anseo mé is grá mo chroí thú.

DARACH (*tugann sé póg di*): Eh . . Beidh mé ar ais ar ball.
(*Croíbhriste*.)

MÁIRÍN: Ná bí do do chéasadh fhéin anois. Socróidh sí
síos théis cupla lá.

DARACH: Jays, tá mo chroí briste.

MÁIRÍN: Ní bhíonn de shólás againn ach gur mó an
briseadh croí a bhíos orainn fhéin ná orthusan.

DARACH: Deabhal mórán sóláis é sin ag an tráth seo.

MÁIRÍN: Gabh abhaile anois is tar isteach ar cuairt
amáireach nó lá eicínt.

DARACH: B'fhéidir. (*Ag imeacht*.) Ní bheidh sé de
mhisneach agam breathnú díreach idir an dá
shúil uirthi go brách aríst.

MÁIRÍN: Éalaigh leat anois is titfidh sí ina codladh.
(DARACH *an-ghoilliúnach ag imeacht*. JACKIE
isteach le táibléid agus uisce.) Cuir a chodladh

	iad sin is tosóidh muid ag níochán urláir nuair atá Darach scaoilte amach agam.
JACKIE:	Oscail do bhéal, a Taimín.
TAIMÍN:	Hea?
JACKIE:	Tablets le haghaidh do bhrú fola. (*Tugann sí cupla táibléad dó agus deoch uisce.* TAIMÍN *ag súil le tuilleadh.*)
JACKIE:	Amach leat, a Choilm. Blanket street, maith an fear.
COILMÍN:	Gabh i leith uait in éineacht liom. Coinneoidh tú breá te go maidin mé.
JACKIE:	Gabh amach, a rógaire. Come on. (*Gáire.*)
COILMÍN:	Leathuair eile mar sin nó go mbeidh an páipéar léite agam.
MEAIG:	Ab in é Coilmín bréan na bpislíní a chloisim ag seitreach?
COILMÍN:	Á, blood an' ouns. (*ag imeacht.*) Bhí a fhios agam nach mbeadh aon suaimhneas sa teach ó tháinig an maistín sin.
MEAIG:	Cuirfidh mise ó ghlaomaireacht thú, a chneámhaire.
JACKIE:	Sin í anois an cailín agat.
MÁIRÍN	(*isteach*): Tá a fhios ag Dia go raibh trua agam do Dharach, an créatúr.
JACKIE:	Ach cén chaoi ar féidir leatsa a bheith chomh síochánta? Cuireann a leithid sin 'sylum ormsa.
MÁIRÍN:	Ar ndóigh caithfidh tú éisteacht le toirneach. Céard atá air seo?
JACKIE:	Is féidir leat do bhéal a dhúnadh anois, a Taimín. Tá do chuid tablets faighte agat.

[handwritten margin notes: "Tá caidreamh maith as Coilmín agus. na daoine eile seachas meaig" ; "greann" ; "rogue"]

MEAIG: Scuab leat anois, a bhriogaillín bhradach, nó cuirfidh mise codladh ortsa leis an maide seo.

TAIMÍN:	'Bhfuil?
JACKIE:	Oscail do bhéal anois, a Mheaig.
MEAIG:	Céard é seo?
JACKIE:	Tablet le codladh a chur ort.
MEAIG:	Scuab leat anois, a bhriogaillín bhradach nó cuirfidh mise codladh ortsa leis an maide seo.
MÁIRÍN:	Haigh haigh haigh! Lig de do chuid ropaireacht anois, a Mheaig. Níl Jackie ach ar mhaithe leat.
MEAIG:	Tá mé ag iarraidh a dhul abhaile.
MÁIRÍN:	Tá tú ag dul isteach a chodladh go te teolaí i do leaba anois. (*Tugann sí comhartha do Jackie í a ardú a chúnamh di.*)
MEAIG:	Níl mé ag dul a chodladh. Tá mé ag iarraidh a dhul abhaile. Coinnígí amach uaim, a phaca bastardaí!
MÁIRÍN	(*go séimh*): Abhaile leat mar sin. Níl muide do do stopadh, a Mheaig a leana.
MEAIG	(*ag iarraidh éirí*): 'Dharach? Cail tú, a Dharach? Lily? Come here, Lily. Á, Dia linn. (*A glór ag briseadh.*) Nach mé an trua Mhuire théis an tsaoil.
MÁIRÍN:	Ní ligfidh muide clóic ar bith ort, a Mheaig. Luigh isteach i do leaba anois. (*Ligeann sí dóibh í a chur a chodladh gan focal a rá ach beagán éagaoine i dtaobh pianta cnámh.*) Go bhfóire Dia orainn. Tosaigh thusa ag níochán urláir anois, a Jackie, agus glanfaidh mise na leithris nuair atá sé seo curtha a chodladh agam.
JACKIE:	Right. (*Ag imeacht.*)
MÁIRÍN:	Hú mhaith anois, a Taimín. Amach a chodladh, maith an fear.

TAIMÍN: Ach níor tháinig fear an phosta fós.

MÁIRÍN: Á muise, a chréatúir. Ní bheidh aon phosta ann
            aríst go dtí théis na Nollag, a Taimín.

TAIMÍN: 'Dtáinig sé?

MÁIRÍN: Tháinig fadó inniu ach ní raibh aon litir aige
            dhuit.

TAIMÍN: Sin é do dhóthain. Tá mé caite i dtraipisí aige.

MÁIRÍN: Tógann sé i bhfad ar litir a theacht as Australia
            ar ndóigh.

TAIMÍN: Ní raibh aon chall imeacht dhó marach uabhar
            a bheith air. Seacht mbliana a bhí sé nuair a
            cailleadh a mháthair, go ndéana Dia grásta
            uirthi. Thug mé aire na huibhe dhó. Ba é
            amharc mo shúl é nó gur fhág sé ansin mé.

MÁIRÍN: Sin é an chaoi a bhfuil an óige, a Taimín. Is
            maith leo an domhan mór a fheiceáil ach
            tiocfaidh sé abhaile aríst ar an nádúr lá breá
            eicínt.

TAIMÍN: Níl aon nádúr i gclann an tsaoil seo. Dhá
            mbeadh ní fhágfadh sé ar anchaoi mar seo mé.

MÁIRÍN: B'fhéidir go bhfuil a chuid trioblóidí fhéin aige.

TAIMÍN: Ar ndóigh, ní bhánódh luach stampa é. Lorg a
            láimhe, sin é a raibh mé ag iarraidh a fheiceáil.

MÁIRÍN: Sssh, níl sé ceart a bheith brónach Oíche Nollag.

TAIMÍN: Is trua Mhuire don tseanaois, go bhfóire Dia
            orainn.

MÁIRÍN: Níl tú sean ar chor ar bith fós. Nach in aois na
            hóige atá tú ag dul.

TAIMÍN: Nuair a imíonn an plúr as do phóg,
            Nuair a imíonn an rós as do ghrua,

Nuair a shileann do bhraon as do bhróg,
Ní leatsa an óige níos mó.

MÁIRÍN: Gabh i leith uait a chodladh anois, a Taimín.

TAIMÍN: Tá mé thrína chéile.

MÁIRÍN: Déanfaidh an codladh maith dhuit.

TAIMÍN: B'fhearr liom codladh thuas sa seanteach.

MÁIRÍN: Ach . . .

TAIMÍN: Ná heitigh mé as ucht Dé ort. Luí ar an leaba thuas sa seanteach agus lán mo bhéil d'fhíoruisce as tobar Mháire Phádhraic, sin a mbeinn a iarraidh de mhaoin an tsaoil.

MÁIRÍN: All right mar sin. Cuir láimh faoi m'ascaill is siúlfaidh mé suas in éineacht leat. (*Cuireann sí láimh faoina ascaill agus siúlann sí timpeall an stáitse leis.*)

TAIMÍN: Tá an bóthar an-chrua ag na seanchosa.

MÁIRÍN: Siúlfaidh muid go deas réidh.

TAIMÍN: Tá sé an-chiúin, ní airím gaoth ar bith ar mo chuid leicne.

MÁIRÍN: Níl puth as aer. Síochán na Nollag, a Taimín.

TAIMÍN: 'Bhfuil sé dorcha? Ní fheicim tada.

MÁIRÍN: Tá an t-aer breac le réalta.

TAIMÍN (*ag breathnú in airde*): 'Bhfuil?

MÁIRÍN: Tá siad ag damhsa le teann fáilte roimh an leanbh Íosa.

TAIMÍN: Moladh go deo leis.

MÁIRÍN: Isteach an geata anseo anois. Is gearr go mbeidh muid ann.

TAIMÍN: Á muise, ná raibh an fhad sin de luí bliana le anshó ort más é toil Dé é.
(MÁIRÍN *ag tógáil deoch uisce den bhord.*)

MÁIRÍN: Seo anois lán do bhéil d'uisce an tobair sul má thiocfas tú a chodladh.

TAIMÍN: Cabhair ó Dhia againn.   (*Ólann sé deoch.*) Shílfeá go bhfuil an blas athraithe air . . . ach ar ndóigh níor glanadh le fada é.

MÁIRÍN: Siar leat sa seomra a chodladh anois is ní aireoidh tú oíche ná lá go maidin.

TAIMÍN: Beidh mé sna flaithis ó luífeas mé ar an leaba sa seanteach.

Soilse ag dul síos de réir mar a bhí siad ag imeacht den stáitse.
Ceol nó amhráin Nollag ag neartú ag an am céanna.

Gníomh 2

Jackie isteach le trádaire rice cakes srl. agus Máirín trasna agus amach an taobh eile ag baint di miotóga rubair níocháin agus ag fáil réidh le deiseanna níocháin.

JACKIE: Cupán tae anois is na cosa a shíneadh go fóilleach.

MÁIRÍN: Beidh mé leat anois ar an bpointe.

JACKIE: Buíochas le Mac Dé go bhfuil sé sin déanta. Tá an oiread urláir le níochán sa teach seo is go maródh sé capall.

    (*Máirín ar ais le mála mór bronntanas.*)

MÁIRÍN: Cuirfidh mé na bronntanais faoin gcrann ar dtús. Beidh siad chomh excited le gasúir ar maidin.

JACKIE: Is an bhfuair tú bronntanas do chuile dhuine acu?

MÁIRÍN: Ara, underwear is stocaí is rudaí beaga do na créatúir nach bhfuil aon duine ag teacht chomh fada leo. Caithfidh mé an treabhsar seo a ghiorrú cupla orlach do Taimín sul má chuirfeas mé sa bparcel é.

JACKIE: An ndéanfaidh mé an tae anois?

MÁIRÍN: Fan go mbeidh mé réidh leo seo. Beidh muid in

ann néal a thabhairt linn ar feadh cupla uair an chloig ansin ó tharla chuile dhuine a bheith ciúin.

JACKIE: An gcuireann an áit seo depression ortsa?

MÁIRÍN: Depression? Tá faitíos orm go bhfuil an jab mícheart roghnaithe agat má ligeann tú dhó cur isteach ort.

JACKIE: Tá sé deacair do shaol a chaitheamh ag éisteacht le daoine ag éagaoineadh.

MÁIRÍN: Ach tá an-spraoi ar go leor acu. Ní bhíonn ag éagaoineadh ach na créatúir nach bhfuil neart acu air.

JACKIE: Tá a fhios agam, ach milleann said an spraoi ar chuile dhuine eile.

MÁIRÍN: Sin é nádúr an tsaoil. Bíonn leath an domhain ag ceiliúradh is an leath eile ag fulaingt.

JACKIE: Ach ní fiú a bheith beo ar chor ar bith mara féidir le duine sásamh a bhaint as an saol.

MÁIRÍN: Bhuel, sin é mo chothúsa: a bheith in ann beagán sóláis a thabhairt do na créatúir atá ag iompar na croise.

JACKIE: B'fhearr liomsa i bhfad a bheith ag obair óna naoi go dtí an cúig is a bheith amuigh ag gallivantáil aríst go maidin.

MÁIRÍN: Chuala tú ariamh é: beatha duine a thoil. Nuair a fheicimse iad seo sásta ardaíonn sé mo chroí.

JACKIE: Ní ardódh JCB mo chroíse faoi láthair.

MÁIRÍN: Á, Jackie, tabhair buíochas le Dia go bhfuil do shláinte agat.

JACKIE: Tá rud uafásach déanta agam, a Mháirín.

MÁIRÍN: Céard atá?

JACKIE: Tá mé ag iompar páiste.

MÁIRÍN: Ó, Jackie! Shíl mé go raibh níos mó ná sin céille agat.

JACKIE: Stop please, ní beag dhom a bhfuil d'achrann tarraingthe aige is gan tusa ag tosaí orm.

MÁIRÍN: Ná bíodh imní ort. Má tá tú fhéin agus Tommy sásta le chéile is cuma céard a cheapann duine ar bith eile.

JACKIE: Ar ndóigh, sin é an trioblóid. Ní hé Tommy athair an pháiste ar chor ar bith.

MÁIRÍN: Hea?

JACKIE: Nuair a bhí mé ar saoire faoi Shamhain a tharla sé.

MÁIRÍN: Dia dár réiteach, ach céard a bhuail ar chor ar bith thú?

JACKIE: As spadhar a d'imigh mé nuair nach dtiocfadh sé ar saoire in éineacht liom.

MÁIRÍN: Ar ndóigh b'fhéidir nár fhéad sé, i ngeall ar a chuid oibre.

JACKIE: Ah, for feck's sake. D'fhéadfadh sé cert a fháil ón dochtúir cosúil le chuile dhuine. Ach baol air. Ag ceapadh go ndúnfadh an garage mara mbeadh sé thoir ann. Deabhal aithne nach mba leis an áit. Chuile weekend ansin, chuile bhank holiday, chuile Nollaig, chuile Cháisc. Nuair a bhíodh chuile áit eile dúnta bhíodh duine eicínt thuas ag an teach aige le carr a bhíodh ag tabhairt trioblóide. "Abair leo go bhfuil tú ar saoire," a deirimse. "Ní fhéadaim iad a ligean síos," a deireadh sé. Ní raibh caint ar bith ormsa.

MÁIRÍN: Tá sé cneasta coinsiasach, an créatúr.

JACKIE: Bhíodh náire orm. Mo chuid cairde ag déanamh gaisce as a sex life is an fear a bhí agamsa ag déanamh service ar charr ar chúl an tí.

MÁIRÍN: B'fhéidir nach ort ba chóra an náire a bheith.

JACKIE: Ach Jesus, a Mháirín! Bhí muid os cionn trí bliana ag dul amach le chéile is gan tada ag tarlú. Sin é an fáth a raibh mé ag iarraidh é a mhealladh ar saoire: le go bhfaighinn amach one way or another an raibh tada i ndán dhúinn. Ní raibh aon mhaith dhom ag caint. Bhí na hurláir le cur isteach sa teach nua an tseachtain sin is chaithfeadh sé a bheith ann. Chaill mé fhéin an block. Dúirt mé leis go raibh sé all off is bhailigh mé liom go Lanzarote.

MÁIRÍN: Is furasta é a thosaí ach is deacair é a chríochnú a deirtear.

JACKIE: Nach bhfuil a fhios agam é. Nuair a bhí mo dhóthain caointe agam sa seomra, síos liom sa mbeár is thosaigh mé ag caitheamh siar vadca le teann trua dhom fhéin. An chéad rud eile bhí an leaid álainn seo le mo thaobh is trua an tsaoil aige dhom. Shíl mé gurbh é Dia a chas i mo bhealach é mar gheall ar a raibh de bhlianta curtha amú le Tommy agam. Bhuel, one thing led to another, mar a deir an ceann eile. Bhí an damage déanta nuair a fuair mé amach go raibh sé pósta.

MÁIRÍN: Is an bhfuair Tommy amach faoi?

JACKIE: Shílfeá gurb é an chaoi a raibh a fhios aige é.

Bhí sé romham ag an airport is gan cuimhne ar bith agam leis. Scuab sé den talamh mé is é ag caoineadh ag iarraidh maiteanas. "An bpósfaidh tú mé?" a deir sé. "Shíl mé nach n-iarrfá go deo é," a deirimse. "Bhí mé ag fanacht go mbeadh an teach nua críochnaithe," a deir sé. Shocraigh muid an dáta there and then. Bhí mé chomh happy le Larry nó go bhfuair mé amach go raibh mé ag iompar.

MÁIRÍN: Is an bhfuil a fhios ag Tommy é?

JACKIE: Níl a fhios. Ní ligfeadh an náire dhom é a inseacht dhó. Tá mé ag iarraidh a bheith dhá sheachaint ó shin.

MÁIRÍN: B'fhéidir go gceapfadh sé gur leis fhéin an páiste.

JACKIE: Tommy? Ní raibh sé sásta tada mar sin a dhéanamh nó go mbeadh muid pósta.

MÁIRÍN: Ach beidh a fhios aige luath nó mall é.

JACKIE: Bhí mé ag brath ar ghinmhilleadh a fháil ach níl sé de mhisneach agam.

MÁIRÍN: Ginmhilleadh? Oh Lord! Labhair le do mháthair, a Jackie. Ise a chuirfeas comhairle do leasa ort.

JACKIE: Í sin? "Faigh réidh leis!" a scread sí. "Níl mise ag iarraidh a bheith náirithe os comhair na muinteoirí eile sa mheánscoil!"

MÁIRÍN: Is le haghaidh daoine a choinneáil beo a traenáileadh muide, a Jackie, ní le haghaidh daoine a mharú.

JACKIE: Tá oiread teannais sa teach s'againne is gur smaoinigh mé deireadh a chur liom fhéin.

MÁIRÍN: Ó, a Mhaighdean, fainic!

JACKIE: Níl mé ag dul abhaile níos mó.

MÁIRÍN: Is céard a dhéanfas tú?

JACKIE: Níl a fhios agam (*Ag caoineadh.*)   Ba mé cara chuile dhuine nó gur tharla an méid seo. Anois níl meas ag duine ar bith orm.

MÁIRÍN: Ná bí ag seafóid. Tabharfaidh mise cúnamh dhuit.

JACKIE: Ní féidir leatsa a bheith ag tabhairt cúnamh do chuile dhuine.

MÁIRÍN: Ná bíodh imní ort. Tá fáilte romhat fanacht in éineacht liomsa.

JACKIE: Go raibh míle maith agat ach níl a fhios agam céard atá mé a dhéanamh fós.

MÁIRÍN: Tá an seomra folamh, a Jackie. Tabharfaidh mise eochair dhuit is beidh tú ar do chomhairle fhéin.

JACKIE: Naomh thú, a Mháirín. Tá aiféala orm go bhfuil mé ag cur isteach ort.

MÁIRÍN: Níl tú ná chor ar bith. I dteannta a chéile is fearr muid. Déan an tae thusa is tabharfaidh mise súil uirthi seo. (*Imíonn* JACKIE. *Téann* MÁIRÍN *anonn go dtí Meaig. Ní aithníonn* MEAIG *í.*) 'Bhfuil tú go deas compóirteach, a Mheaig?

MEAIG: Cé thú fhéin?

MÁIRÍN: Is mise an bhanaltra. 'Bhfuil tú ag iarraidh a dhul ag an toilet?

MEAIG: Níl. Tabharfaidh Lily ann mé nuair a thiocfas sí.

MÁIRÍN: Ní bheidh Lily anseo go cheann fada. Gabh i leith uait is tabharfaidh mise ann thú.

MEAIG: 'Dharach? 'Dharach a mhaicín? Cail tú? . . . Á, muise, Dia linn is Muire.

MEAIG: Níl aon deoir agam a deirim. Scuab leat is lig dhom fhéineacht.

MÁIRÍN: All right mar sin. Glaoigh orm má bhíonn tú ag iarraidh a dhul ann. Beidh mé taobh amuigh anseo.

MEAIG: Cail Darach?

MÁIRÍN: Eh . . . Níor tháinig sé abhaile fós. Déan suaimhneas anois is grá mo chroí thú.

MEAIG: 'Dharach? 'Dharach a mhaicín? Cail tú? . . . Á, muise, Dia linn is Muire.

(JACKIE *ar ais le tae*.)

JACKIE: Cén chaoi a bhfuil sí?

MÁIRÍN: Sách míshuaimhneach.

JACKIE: Jesus, nach gearr a bhíos rudaí ag athrú. Ní raibh ag déanamh imní dhom an Nollaig seo caite ach parties agus pubannaí agus leaids.

MÁIRÍN: There's no pleasure without pain a deirtear.

JACKIE: B'fhéidir gur agatsa a bhí an ceart: fanacht singil agus sásamh a bhaint as an saol.

MÁIRÍN: Dá mbeadh a fhios agat, a leana.

JACKIE: Céard?

MÁIRÍN: Bheadh lán an tí de ghasúir agamsa dá bhfaighinn cead mo chinn.

JACKIE: Is céard a stop tú?

MÁIRÍN: An mí-adh mór a stór . . . "Grá mo chroí thú, a Mháirín." B'in é an focal deiridh a dúirt sé isteach i mo chluais. Muid ag pógadh a chéile sa gcarr théis a bheith ag damhsa sa Seapoint – ní raibh aon chead a dhul níos faide sul má bheifeá pósta ag an am sin. Muid ag cogarnaíl go grámhar i gcluasa a chéile, ag gealladh gur in ascaillí a chéile a chaithfeadh muid an chuid eile dár saol. Ní hé an chaoi ar iarr sé orm an bpósfainn é ach gur shocraigh an bheirt againn le chéile go raibh sé in am againn bualadh faoin saol théis cheithre bliana a chaitheamh ag cuirtéireacht. Éanlaith an aeir a mheabhraigh dhúinn go raibh sé ina bhreacadh lae sul má d'fhág sé slán agam. Bhí sé théis carr nua a cheannacht agus muid ag samhlú go raibh bóthar an tsaoil chomh fada leis an tsíoraíocht amach romhainn, ach ní raibh an tsíoraíocht i bhfad ó bhaile. Bhí cupla deoch ólta aige ach níor mheas mé go raibh stró ar bith air, marar ina chodladh a thit sé. "Grá mo chroí thú, a Mháirín," an focal deiridh a dúirt sé. Maraíodh ar an mbealach abhaile é. Ag casadh Aill na Caróige. D'imigh sé den bhóthar. Bunoscionn a frítheadh é fhéin is an carr ar maidin.

JACKIE: Ó, tá sé sin an-bhrónach.

MÁIRÍN: Ach níor imigh sé ariamh uaim, a Jackie.

JACKIE: Céard?

MÁIRÍN: Mothaím le mo thaobh i gcónaí é. Cupla bliain théis a bháis bhí chuile dhuine ag rá liom go gcaithfeadh an saol a dhul ar aghaidh, is thosaigh mé ag dul amach le leaid eile, ach chuile uair dá gcuireadh sé a láimh i mo thimpeall mhothaínn láimh fhuar eile ag dul eadrainn.

JACKIE: Jesus!

MÁIRÍN: Go dtí an lá atá inniu ann. Nuair a bhím idir mo chodladh is mo dhúiseacht cuireann sé láimh fhuar phréachta i mo thimpeall sa leaba. Fáisceann sé isteach leis mé, do mo dhiurnáil chomh paisiúnta is dá mbeadh sé beo beathach.

JACKIE: Jesus Christ almighty!

MÁIRÍN: Sin é an fáth gurb iad na seandaoine atá mar ghasúir agamsa.

JACKIE: Ó, a Mhaighdean! Is an mbíonn sé ag caint leat?

MÁIRÍN: Ní bhíonn faraor. B'fhéidir gur dhá shamhlú a bhím, a Jackie, ach tógann sé ó bhás go beatha mé chuile uair dá dtagann sé chomh fada liom.

JACKIE: Ach an mbíonn faitíos ort?

MÁIRÍN: Faitíos nach bhfeicfidh mé ar an gcéad saol eile é, an t-aon fhaitios atá orm.

            (*Tagann* SALLY *isteach de sciotán ag baint geite as* JACKIE. *Tá a cuid éadaigh codlata ar Sally chomh maith le cóta daor fionnaidh agus í ag iompar cupla gúna ina baclainn agus ag tarraingt mála beag ina diaidh. Is léir go bhfuil deifir uirthi. Níl dul as ag an mbeirt ach pléascadh amach ag gáire.*)

JACKIE: Dia dár réiteach, what's wrong, Sally?

SALLY: I'm rushing to the airport.

JACKIE: Which airport?

SALLY: Oh dear . . . London Heathrow, I think. I'm off for a cruise in the Bahamas. *ag sugadh léi.*

JACKIE: Wow! Is cé atá ag dul in éineacht leat?

SALLY: Oh, my partner.

MÁIRÍN: Ara, sit down and have a cup of tea first.

SALLY:	Oh dear, sorry, my flight leaves in half an hour.
JACKIE:	No no, your flight is delayed for a few hours. Sit down.
SALLY:	O.K. then. I'll have a cup of tea.
MÁIRÍN:	Déan thusa pota eile tae is coinneoidh mise botheráilte í nó go socróidh sí síos.
JACKIE:	All right.
MÁIRÍN:	Which partner are you bringing along this time?
SALLY:	Oh dear, I get confused. I was married three times.
JACKIE	(*ag imeacht*): You won't die wondering so, mar a deir an ceann eile.
MÁIRÍN:	I think Pat is your favourite.
SALLY:	Pateen? No, Pateen was a Connemara man. Plenty of money but no class.
MÁIRÍN:	Ara, stiall cam ort, weren't you born in Connemara as well?
SALLY:	Seanamhach, but that was so long ago. I'm from London now.
MÁIRÍN:	Is cén fáth nach labhraíonn tú Gaeilge mar sin?
SALLY:	No no no no. That Gaeilge was getting me nowhere.
MÁIRÍN:	Faith, it got you in here, muis. Nuair nach raibh duine ar bith eile ag tabhairt aird ort.
SALLY:	Pateen could hardly speak a word of English when he got over here first. Blatheráil Ghaeilge i gcónaí. But he got to be a big contractor in London all the same.
MÁIRÍN:	Fair play dhó.
SALLY:	I think I loved him for a while. But he got very

jealous when I started modelling. (*Tugann sí taispeántas beag*.) Oh, I loved the catwalk. Ach bhí Pateen a cheapadh go raibh mé ag spáint an iomarca de mo chois. (*Ag crapadh. Gáire*.)

MÁIRÍN: Sssh! Fág ort a bhfuil ort, maith an bhean.

SALLY: He divorced me when I posed naked for a magazine.

MÁIRÍN: Deabhal leath an cheart nach raibh aige marab ort a bhí teaspach ag imeacht.

SALLY: Ach níor fhág mise bonn bán aige. I hired the best barrister in London and I got a great settlement. A millionairess overnight. (*Déanann sí "twirl" agus ligeann sí blao*.)

MEAIG: Cé atá ansin?

MÁIRÍN: Sssh! Suigh síos, maith an bhean.

SALLY: My second husband was a professional photographer. He loved to see me naked.

MEAIG: Cé agaibh atá ansin a deirim?

MÁIRÍN: Coinnigh síos do ghlór!

SALLY: Théadh muid ar saoire go dtí nudist colonies. Oh, marvellous. Bare everything and get a tan all over. (*Ardaíonn sí a cuid éadaigh suas thar na bloomers*. JACKIE *ar ais le tae*.)

JACKIE: Óra a dheabhail, cén sórt striptease é seo?

MÁIRÍN: Sally atá ag brath gach a bhfuil aici a chur ar display.

JACKIE: Nár chónaí sí.

SALLY: He shot me from all angles for glossy magazines. We made a pile of money. Oh, life was bliss, until I found out he was mounting someone else behind my back.

JACKIE: Oh Jaysus, anois céard a déarfá le Gaillimh (*Ag tabhairt amach tae.*).

SALLY: But I made him pay through the nose when I filed for divorce.

MÁIRÍN: Seo, ith ceann acu seo is b'fhéidir go ndúnfadh sé do bhéal.

SALLY: Oh, thank you. It was love at first sight with my third husband. We met for the first time in a cable car going to the top of Table Mountain in South Africa. Ten minutes later we exchanged marriage vows to the wind on top of the mountain.

JACKIE: By Jays, chuala mé caint ar shotgun wedding ach ba cheart an ceann sin a bheith sa nGuinness Book of Records.

SALLY: Jeremy. He's a company director –

MÁIRÍN: Tá a fhios againn. Headquarters in New York, branches in Cape Town, Madrid and London.

SALLY: Right . . . How did you know?

MÁIRÍN: Nach bhfuil sé ráite seacht n-uaire chuile lá agat liom ar ndóigh. Níl áit dár fhág sé fingerprint ariamh ort nach bhfuil spelláilte amach don saol agat.

SALLY: We were both married twice before we met.

JACKIE: Ní raibh aon chall do cheachtar agaibh na directions a léamh mar sin.

SALLY: Oh, Jeremy! He adores me.

MÁIRÍN: He does, ach gur fhág sé sa deabhal ansin thú chomh luath is a tháinig sifil ort. Finish your tea now. It's way past your bedtime.

SALLY: Oh, no no! I'm off to Bermuda for a dirty weekend with Jeremy.

MÁIRÍN: Upsht! Bon voyage then.

SALLY: Tooraloo, folks! (*Ag imeacht.*)

MEAIG: Cé agaibh atá ag sioscadh ansin?

JACKIE: Is fearr dhom leanacht dhi nó dúiseoidh sí a bhfuil sa teach.

MÁIRÍN: No, scaoil léi. Tá an glas ar an doras. Déanann sí é sin corruair ach téann sí ar ais ag a seomra nuair atá an scail sin caite aici.

JACKIE: Tá sí bailithe uilig anocht.

MÁIRÍN: Tá Sally bailithe ó Dhia is on saol. Ach tá sí chomh happy le Larry ina dhiaidh sin.

JACKIE: Honest to God, gan imní uirthi faoi thada ach ag samhlú go bhfuil an high life aici i gcónaí.

MÁIRÍN: Multimillionaire í sin, ach cén mhaith é gan an tsláinte?

MEAIG: Cé atá ansin a deirim?

MÁIRÍN: Oh Lord, tá muid ceart mara bhfuil sí seo curtha sna cearca fraoigh aici.

JACKIE: Ach céard a chas anall go Conamara í?

MÁIRÍN: Tá teach saoire thiar ar an gClochán aici ach bhíodh sí ag imeacht ar na bóithrí is gan a fhios aici cá raibh sí nó gur chuir na Gardaí isteach anseo í.

JACKIE: Is meas tú a bhfuil gaolta ar bith aici?

MÁIRÍN: Á, tá sé complicated. Mar gheall go raibh sí pósta trí bhabhta níl duine ar bith acu ag iarraidh baint ná páirt a bheith acu léi.

JACKIE: Nó go gcaillfear í is dóigh.

MÁIRÍN: Mar a deir tú, Jackie. Beidh gob ansin orthu nuair atá an chreach le roinnt.

MEAIG: Bodhar atá sibh nach bhfreagródh duine? Cé atá ansin?

MÁIRÍN: Sssh! Ná habair tada is b'fhéidir go dtitfeadh sí ina codladh aríst. *Níl sí ag iarraidh labhairt le Meaig Disa so mhuise*

MEAIG: Mo chuid tubaiste is anachain na bliana oraibh, a phaca bastardaí! 'Bhfuil tú ansin a Dharach? . . . 'Dharach! Á, deabhal freagra . . . Lily? . . . Lily a leana? Go speire an deabhal thíos ansin sibh le bail a fhágáil ar sheanbhean.
           (*Buailtear clog an dorais.*)

JACKIE: Oh shit!

MÁIRÍN: Meas tú cé a bheadh ansin anois an tráth seo d'oíche?

JACKIE: B'fhéidir gurb é Darach bréan sin aríst é is é caochta. *I wouldn't put it passed him*

MÁIRÍN   (*ag éirí*): Ní chuirfinn thairis é.

JACKIE: Ná lig isteach é nó beidh sé ag gaotaireacht anseo go maidin.

MÁIRÍN: Ní beag duine amháin acu a bheith ag tabhairt a ndúshlán. (*Clog an dorais arís.* MÁIRÍN *amach.*)

MEAIG: Is that you, Lily a leana? Lily? Come here to Mamó and give me my clothes is grá mo chroí thú. Ach cén deabhal stodam atá inniu ort? Lily? (*De scread.*) Come here, a bhitch! . . . Come here a deirim . . . Scread mhaidne ar do chuid spreangaidí caola. Put down the kettle is déan dhá bhlogam tae, a leana . . . Lily . . . Lily? Come here to Mamó a deirim . . . Ná raibh tú

ar choinleach an fhómhair, muis, a scubaidín
bhradach, ag imeacht is t'imleacán leis. Ach cá
bhfágfá é is an bhriogaill de mháthair atá agat!
Ag cur corannaí ina tóin is airde péint uirthi.
Lily? Á, muise, tiocfaidh tú aríst nuair atá
airgead ag teastáil uait. Ach tabharfaidh mise
maide ar airdín a chúil dhuit.

MÁIRÍN: (*ar ais*): Tommy atá ann.

JACKIE: Tommy? Cail sé?

MÁIRÍN: Amuigh sa gcarr. D'iarr mé air a theacht isteach
ach ní thiocfadh. (*Ní chorraíonn* JACKIE.) Gabh
amach aige. Tá sé ag fanacht leat.

JACKIE: Ach dúirt mé leis nach raibh mé ag iarraidh é a
fheiceáil.

MÁIRÍN: Jackie, dúirt sé gur bronntanas Nollag atá aige
dhuit.

JACKIE: Níl mé ag iarraidh aon bhronntanas. Tá a fhios
aigesean go maith nár cheart dhó a bheith ag cur
isteach orm le linn uaireanta oibre.

MÁIRÍN: Ní raibh sé de chroí ionam a rá leis imeacht.

JACKIE: Ach níl a fhios agam céard a déarfas mé leis.

MÁIRÍN: Níl aon chall dhuit tada a rá leis, ach gabh
amach aige ar feadh cupla nóiméad.

JACKIE: Meas tú an inseoidh mé dhó é, a Mháirín?

MÁIRÍN: Go gcuire Dia ar do leas thú, a leana. (*Imíonn*
JACKIE.) A chréatúr, lasfaidh mé coinneal dhuit.
(*Lasann sí coinneal.*)

MEAIG: Cé agaibh atá ag rúpáil amach ansin? Tú atá
ansin, a Dharach? T'anam cascartha ón deabhal,
freagair do mháthair! Cén sórt folach bhíog atá

oraibh? Nár chuala mé ag caint sibh . . . Gabh
síos is pioc buta faochain is ná bí ag tabhairt aird
ar scraistí nach bhfuil aon déantús maitheasa
iontu. Thuga leat, a mhaicín, is tabharfaidh tú
aníos mám bhreá chreathnaigh agamsa. An
gcloiseann tú mé, a Dharach? Gabh i leith agam,
a mhaicín, is sín agam mo chuid éadaigh . . . Á,
deabhal aird. Ní bheinnse fhéin dhá iarraidh
oraibh marach gur chlis na cosa orm. Tá sibh
ansin, nár chuala me ag sioscadh sibh . . . (*Os
ard*.) Hóra! Óra, muise, a phaca bastardaí , ní
mise an ribín réidh má chuirtear fearg orm.
Scaoil amach as seo mé! (*Ag réabadh leis an
leaba*.) Cén sórt deabhal de chuibhriú é seo atá
agaibh orm? (*Ag réabadh leis an leaba. Téann*
Máirín *anonn go dtí í*.)

MÁIRÍN: Go réidh, a Mheaig, go réidh, maith an bhean.
(*Baintear geit as* MEAIG, *a shíleann gur sa mbaile
atá sí*.)

MEAIG: Scaoil amach as seo mé! (*Ag réabadh*.)

MÁIRÍN: Sssh! Abair do chuid paidreachaí anois, a
Mheaig, is titfidh tú i do chodladh.

MEAIG: (*ag réabadh*): Ná bígí ag ceapadh go sáinneoidh
sibh mise, a phaca amhais. Scaoil amach as seo
mé!

MÁIRÍN: All right a Mheaig, cuirfidh mé i do shuí sa
gcathaoir anseo thú. Amach le do chosa. Ar
mhaith leat breathnú ar an television ar feadh
scaithimh? (MEAIG *á dearcadh go fiochmhar*.)
Go deas réidh anois.

(*De réir mar atá* MÁIRÍN *ag cur Mheaig ina suí,*
tagann TAIMÍN *tríd an doras, á threorú féin le*
maide. Tosaíonn sé ag feadaíl ar an mada.)

TAIMÍN: Huird! Huird! Huird suas!

MÁIRÍN: Dia linn, nuair a chacas gabhar, cacann chuile
ghabhar. Taimín, Dia dár réiteach, cail tusa ag
dul?

TAIMÍN: Shíl mé gur airigh mé na beithígh in éadan an
gheata. Is go on, put them up, Fáinne! Put
them up! (*Fead.*) Come back now! . . . Come
back good dogeen is ná bain laontaí astu.

MÁIRÍN: Ná tosaigh ag rámhaillí orm, maith an fear.

TAIMÍN: Faitíos a bhí orm go dtiocfaidís síos ar bhóthar
an rí.

MÁIRÍN: Ní sa mbaile atá tú, a Taimín, ach in áras na
seandaoine,

TAIMÍN: Á? Dia linn is Muire, b'fhearr liom sa mbaile.

MÁIRÍN: Seo é do bhaile anois. Bhí tusa an-tsásta anseo
in éineacht leis na seandaoine eile.

TAIMÍN: Dhá mbeadh an mada fhéin in éineacht liom . . .

MÁIRÍN: Ach céard a chuir an mada isteach i do cheann.
Céard a chuir an diomú seo ort, a Taimín?

TAIMÍN: Uaigneas.

MÁIRÍN: Ní beag a dhonacht.

TAIMÍN: Uaigneas uilig í an Nollaig.

MÁIRÍN: Ná bí do do mhearú fhéin anois le smaointe
dubha dorcha.

TAIMÍN: Dorchadas é mo shaol, go bhfóire Dia orainn.

MÁIRÍN: Á, Taimín, croch suas do chroí. Bíonn chuile
dhuine ag ceiliúradh Oíche Nollag.

TAIMÍN: B'fhearr do dhuine caillte uilig ná leathchaillte mar seo.

TAIMÍN: Croí briste anois é, ó thug mo mhac droim láimhe dhom.

MÁIRÍN: Tá sé i bhfad ó bhaile. B'fhéidir go bhfuil a dhóthain ar a aire.

TAIMÍN: B'fhearr do dhuine caillte uilig ná leathchaillte mar seo.

MÁIRÍN: Cail tú ag dul anois?

TAIMÍN: Abhaile.

MÁIRÍN: Ach tá tú sa mbaile.

TAIMÍN: Hea? Ach cén fáth nach gcloisim an mada ag tafann?

MÁIRÍN: Cloisfidh tú é ar maidin. Tá chuile mhada ina gcodladh anois?

TAIMÍN (*ag spochadh lena láimh*): Tá an áit athraithe. Cail mo phíopa?

MÁIRÍN: Níl aon ghraithe de phíopa agat. Tá sé róchontúirteach.

TAIMÍN: Sin é a raibh de shó sa saol agam: mo chlúid fhéin agus gail tabac. Na bróga caite dhíom agam is mo chuid bonnachaí leis an tine. An mada ag líochán mo chosa le teann cion orm. Is beag nach raibh sé in ann labhairt liom, bhí. Thosaíodh sé ag giúnaíl mar a bheadh sé ag iarraidh mé a fhreagairt nuair a bhínn ag rá an phaidirín. Dá mbeadh an oiread cion ag mo mhac orm is a bhí ag an mada, ní uaigneas a bheadh ag giorrú mo shaoil.

MÁIRÍN: Ná bí ag sciolladh ar do mhac anois is gan agat ach é.

TAIMÍN: Faraor má leag mé súil ariamh air.

MÁIRÍN: Ach is ar mhaithe leat a chuir sé isteach anseo thú nuair a d'imigh an t-amharc uait. (MÁIRÍN *isteach san oifig.*)

TAIMÍN: Níor theastaigh aon amharc uaim. An citil a líonadh thall ansin agus an cnaipe a bhrú. Trí choisméig ón tine go dtí an drisiúr nó go bhfaighinn cupla stiallóg de bhuilín. (*Ag siúl trí* ~~footsteps~~ *choiscéim de réir mar atá sé ag caint.*) Cail an drisiúr? Cail chuile rud? (TAIMÍN *ag* ~~searching~~ *tóraíocht lena mhaide. Isteach idir dhá chois Mheaig a chuireann sé an maide.*)

MEAIG: Cén sórt cartadh an deabhail atá leis an maide sin ort?

TAIMÍN: Ag cuartú mada atá mé.

MEAIG: Is é t'áit é. (*Tarraingíonn sí an maide uaidh is buaileann sí faoin urlár é.*)

MÁIRÍN   (*amach arís*): Haigh, Taimín. Taimín, gabh i leith anois is suigh síos anseo go fóilleach. Beidh do mhac ag teacht ar cuairt agat sa samhradh. (*Bréag.*) *ionas go mothfaidh Taimín níos fearr.*

TAIMÍN: An mbeidh?

MÁIRÍN: Beidh sé. Dúirt sé liomsa ar an bhfón é.

TAIMÍN: Dea-bhreith i do bhéal.

MÁIRÍN: Seo anois. Ith ceann acu seo is déanfaidh mise tuilleadh tae. Tá sé seo fuaraithe.

TAIMÍN: Cén uair a raibh sé ag caint leat?

MÁIRÍN: Ara, oíche eicínt le seachtain. Bhí tú i do chodladh ach dúirt sé liom aire mhaith a thabhairt dhuit nó go dtiocfadh sé abhaile.

TAIMÍN: Dea-scéal ó Dhia againn.

            (COILMÍN *isteach.*)

COILMÍN: Ach féacha an áit a bhfuil an t-amharsóir. Is mairg a bheadh ag déanamh imní fút. M'anam má tá tú caoch fhéin go bhfuil a fhios agat cail an bheadaíocht. - big headedness.

MÁIRÍN: Sssh! Cén fáth nár fhan tú i do chodladh?

COILMÍN: Cén chaoi a bhféadfainn is an leiciméara sin ag imeacht i ndiaidh a chinn roimhe.

MÁIRÍN: Sssh! Coinnigh síos do ghlór.

COILMÍN: Shílfeá sa deabhal go bhfanfá i do chodladh is gan mise a bheith ag ritheacht i do dhiaidh.

TAIMÍN: Níor iarr duine ar bith do ghraithe ort.

MÁIRÍN: Stopaigí ag athléamh Oíche Nollag beannaithe.

COILMÍN: Iomarca peataireacht atá dhá dhéanamh leis an slíomadóir sin. I leaba adhastar a chur leis is é a cheangal thíos sa leaba.

MÁIRÍN: Sssh sssh sssh! Síocháin! Síocháin idir dhá phréachán! Níl mé ag iarraidh focal eile a chloisteáil as ceachtar agaibh.

COILMÍN: Níl mise ag rá tada ach an fhírinne.

MÁIRÍN: Croithigí láimh le chéile anois is ná bíodh níos mó faoi.

COILMÍN: Ní raibh aon aithne agat air mar a bhí agamsa. Ba bheag an mhaith é nuair a bhí cead a chos aige.

MÁIRÍN: An chuid is lú den chaint anois is í an chuid is fearr í. Suigh síos is cuir ceann de na brioscaí sin i do bhéal. Gabh i leith anseo, a Taimín, is croith láimh leis. (*Ag fáil Taimín. Croitheann siad láimh in aghaidh a dtola.*)

TAIMÍN: Sin é an scéal is fearr dár chuala mé le blianta. (*Tugann* COILMÍN *súil ghéar air. Fonn air gob eile a thabhairt dó murach méar* MHÁIRÍN *a bheith crochta.*)

COILMÍN: Cén sórt deabhal de chrackers iad seo?

MÁIRÍN: Sin rice cakes. Ní chuirfidh said aon mheáchan ort.

COILMÍN (*plaic as ceann*): Uch! Soit, ar ndóigh níl na deabhail sin le n-ithe ar chor ar bith!

MÁIRÍN: Tá said sin go maith agat.

COILMÍN: Tá muis go deimhin. B'fhearr dhuit a bheith ag cangailt píosa aeroboard. 'Bhfuil sniog ar bith fanta sa mbuidéal?

MÁIRÍN: Gheobhaidh tú cupán tae anois in éineacht le Taimín, ach sin an méid. (*Ag imeacht.*)

COILMÍN: Go scalla an deabhal agat é mar tae. Nach bhfuil muid fed up ag ól an scudalach sin. Ar ndóigh dhá mbeadh mug breá láidir tae ann . . . nach gearr le fual giorráin é ag an low-fat milk sin. Low-fat milk, low-fat butter, low-fat cheese. Low-fat cac ansin aniar ina dhiaidh is é chomh crua le bullet istigh i do phutóg. Ag iarraidh a bheith ag cailleadh meacháin mar ó Dhia is iad ag pléascadh a gcuid bellybands le teann bloinig ina dhiaidh sin.

TAIMÍN: Tá Tom Óg ag teacht abhaile.

COILMÍN: Cén Tom Óg?

TAIMÍN: Mo mhac

COILMÍN: Tá like hell.

TAIMÍN: Tá. Dúirt an Mátrún é.

COILMÍN: Deabhal abhaile nó go mbeidh nóiníní ag fás os do chionn.

TAIMÍN: Thug tú do dheargéitheach.

COILMÍN: Nach tú fhéin a dhíbir é, ag ceapadh gur cheart
           dhó aithris a dhéanamh ort, dhá choinneáil ag
           sclábhaíocht ó dhubh go dubh is ó bhliain go
           bliain. Nach bhfeicinn an flashlamp leagtha ar
           an iomaire agat is tú ag iarraidh a bheith ag cur
           cupla iomaire fataí théis do lá oibre.

TAIMÍN: Ní raibh lá ar bith sách fada dhomsa, ní hé
           fearacht go leor eile é.

COILMÍN: Rófhada atá siad anois dhuit. Róbharainneach a
           bhí tú, a Taimín. Chuile phunt brúite síos i
           sparán agat agus ruóg air a bhí chomh fáiscthe le
           tóin lachan.

TAIMÍN: Ba é mo chuid fhéin é.

COILMÍN: Cén mhaith an deabhail dhuit é anois? Rinne tú
           éagóir ar do mhac dhá fhágáil ar phócaí folamh.
           Is minic a thug mise luach deoch do do mhac.

TAIMÍN: Ba suarach na graithí a bhí ort dhá mhilleadh
           thoir ins na tithe ósta sin.

COILMÍN: Deabhal aithne a bhí ort nach mba leat an
           county council. Níor iarr mé ort ach seans le
           cupla stampa a chur suas, agus d'eitigh tú mé.

TAIMÍN: Ní hé chuile dhuine a bhí feiliúnach le dhul ag
           obair ag an gcouncil.

COILMÍN: Tá do chac anois agat théis chomh
           drochmheasúil is a bhí tú. Deabhal an chrois
           fhéin a chuirfeas sé ort ach "For Sale" a chur ar
           an lot is deatach a bhaint as an airgead.

TAIMÍN: (*os ard*): Thug tú do dheargéitheach, a
           sclaibéara!

MÁIRÍN: Haigh haigh, leagaí as a deirim libh!

TAIMÍN: An cneámhaire sin atá ag déanamh na mbréag.

COILMÍN: Bíonn an fhírinne searbh, a Taimín, bíodh a fhios
            agat.

MÁIRÍN: Anois, anois, anois, ní bheidh níos mó sáraíocht
            ann.   Suigh síos anseo is ól do chuid tae, a
            Taimín.

TAIMÍN: Níl mé dhá iarraidh anois. Tá an mhaith bainte
            as.

MÁIRÍN: Shílfeá nach mbeifeá ag spochadh as is a
            dhóthain ar a aire.

COILMÍN: É fhéin a thosaigh, ag caith a chuid caca.

TAIMÍN: Bhí sé ag rá go raibh an ghráin ag mo mhac orm.

COILMÍN: Deabhal abhaile chúns mhairfeas tú.

MÁIRÍN: Á, a Thiarna, ná géill don sclaibéara sin.
            Tiocfaidh sé abhaile gan mórán achair.

TAIMÍN: Tiocfaidh má thagann.

MÁIRÍN: An ólfaidh tú an tae anois?

TAIMÍN: Ní ólfad. B'fhearr liom a dhul abhaile.

MÁIRÍN: Fan go bhfeice tú an rud a thug Santy agat, a
            Taimín. Tá sé chomh maith dhom é a thabhairt
            dhuit anocht le amáireach. (*Tógann sí bosca a
            bhfuil bréagán de mhada istigh ann amach ó
            chrann na Nollag.*)

TAIMÍN: Céard é fhéin?

            (*Casann* MÁIRÍN *air an cnaipe agus tosaíonn an
            mada ag tafann.*)

MÁIRÍN: Sin é do mhadasa anois, a Taimín.

TAIMÍN: 'Dheabhail, is deas an coileáinín é. Cén t-ainm
            atá air?

COILMÍN: Á, a Thiarna! *Seafóid*

MÁIRÍN: Stop. Meas tú an dtabharfaidh muid Fáinne air?

TAIMÍN: Fáinne?

MÁIRÍN: Croch leat síos sa seomra anois é is féadfaidh sé codladh le taobh na leapan.

COILMÍN: Hea?

MÁIRÍN: Dún thusa!

COILMÍN: Is, ar ndóigh, ní féidir aon néal a chodladh má bhíonn an bhitch de mhada sin ag cur dhe sa seomra.

TAIMÍN: Come on, Fáinne, good dogeen . . . Good dogeen, Fáinne . . . Níl aon lá ariamh nach mbíodh mada maith agam (*Ag imeacht den stáitse.*).

COILMÍN (*leis féin*): Ní bheidh sé i bhfad agat, nuair a chuirfeas mise amach a chuid feckin' putógaí le cic. Iomarca bloody peataireacht, sin é é. (*Tá dearmad déanta ag* COILMÍN *ar* MHEAIG *nó go stopann sí leis an maide é.*) *at long last*

MEAIG: Tá tú agam faoi dheireadh ó fhad go dtí é. (*Ní dhéanann* COILMÍN *aon iarracht éalú.*) A shlusaí salach na mbréag, cas timpeall is tabhair aghaidh orm! (*Casann* COILMÍN *timpeall.*) 'Bhfuil náire ar bith ort théis an tsaoil? A reifíneach! Gheall tú thoir dhom is gheall tú thiar dhom nó gur chuir tú de dhroim seoil mé. Rith tú ansin nuair a bhí mé leagtha suas agat. 'Bhfuil tú dhá shéanadh? A chac i mála. Rith tú go Sasana is d'fhág tú ansin mé. Cead do chos agatsa agus mo shaolsa millte. Gan aon fhear eile sásta breathnú orm ó d'fhág tú draoibeáilte mé. (*Casann* COILMÍN *chun imeacht.*) Rith leat anois aríst, a thútacháin, ach ní thabharfaidh tú na haobha ó do choinsias pé ar bith cén bhrocach a thabharfas tú ort fhéin. (*Stopann* COILMÍN.) Ar ghoill sé chor ar bith ort go mbeadh daoine ag glaoch bastard ar do mhac i gcaitheamh a shaoil?

COILMÍN: 'Bhfuil a fhios aige é: gur mé a athair?

MEAIG: Níl a fhios, ná ag aon duine eile. Ní ligfeadh an náire dhom a rá leis go raibh athair chomh suarach sin aige.

COILMÍN: Deabhal neart a bhí agam air. Drochmhisneach a bhuail mé.

MEAIG: Ní raibh aon drochmhisneach ort ag cur do shúil thar do chuid.

COILMÍN: Ach b'in é an chaoi a raibh an saol an uair sin.

MEAIG: Bhí an saol sách fada agat le do chionta a chúiteamh liom ach ní raibh baol ort, ag ritheacht as mo bhealach. Ach dá fhada dá dtéann an mada rua beirtear air. Bainfidh mise mo shásamh dhíot, a chladhaire, da mba é an rud deiridh a dhéanfainn é sul má chuirtear i dtalamh mé.

COILMÍN: A dheabhail, ná hoscail do bhéal le haon duine istigh anseo.

MEAIG: Sách fada a bhí mé fágtha ar an bhfaraor géar. Ní bheidh cás ná náire ormsa dhá spelláil amach do chuile dhuine mara ndéanfaidh tusa do bhreithiúnas aithrí.

COILMÍN: Hea? Ach céard is féidir liom a dhéanamh?

MEAIG: Is leat aire a thabhairt anois dhom. Tá mé caite i dtraipisí ag chuile dhuine eile ó d'imigh an siúl uaim.

COILMÍN: Hea?

MEAIG: Sin é an rud is lú dhuit a dhéanamh. Socraigh isteach sa leaba sin mé.

COILMÍN: Hea? Jaysus, ar ndóigh, níl sé sin ceadaithe.

MEAIG: Níor stop sin thú an uair dheiridh ar luigh tú in éineacht liom. Beir orm agus ardaigh isteach sa leaba mé a deirim. (*Tarraingíonn* COILMÍN *an chathaoir rothaí le taobh na leapan. Tá sé ag ardú leathchoise le Meaig isteach sa leaba, nuair a thagann* MÁIRÍN.)

COILMÍN: Á, blood an' ouns.

MÁIRÍN: Oh Lord! Jesus Mary and Joseph, céard atá ag tarlú anseo?

COILMÍN: Meaig a bhí ag iarraidh cúnamh.

MÁIRÍN: Ní beag dhuit Taimín a chur thrína chéile agus gan Meaig a chur in adharc an chochaill freisin. Amach a chodladh anois, is ná cloisim focal asat aríst go maidin.

MEAIG: Ardaigh isteach sa leaba mé a deirim.

MÁIRÍN: Cuirfidh mise ar ais sa leaba anois thú, a Mheaig. Bailigh leat, a Choilm.

MEAIG: Ní chuirfidh tú. Cuirfidh sé fhéin a chodladh mé. (*Coinníonn sí a greim ar* CHOILMÍN.)

MÁIRÍN: Oh Lord, ach cén sórt scail atá ar chuile dhuine anocht.

(JACKIE *ar ais go gealgháireach.*)

JACKIE: Tá brón orm go raibh mé chomh fada.

MÁIRÍN: Tá tú díreach in am le Meaig a ardú isteach sa leaba in éineacht liom.

MEAIG: Coinnígí amach uaim! (*Iad á cur sa leaba.*) Fágaí agam é. 'Choilm, gabh i leith, a Choilm.

COILMÍN: Tá sé all right, a Mheaig. Fanfaidh mise in éineacht leat píosa. *Cionntacht*

MÁIRÍN: Ní fhanfaidh tú ná baol ort. Síos a chodladh.

COILMÍN: Gabh i leith nóiméad amháin (*Téann anonn go dtí an crib.*)

MÁIRÍN: Céard atá anois ort?

COILMÍN: Meas tú an mbeadh fáil ar bith go bhféadfaí í a athrú go dtí home eicínt eile?

MÁIRÍN: Óra, a dheamhais, tá an oiread de cheart aici a bheith anseo leatsa.

COILMÍN: Ar ndóigh, tá a fhios agam ach tá sí do mo chur i ladhar an chasúir.

MÁIRÍN: Tuilleadh ghéar an deabhail anois agat. Thú fhéin a tharraing ort í, ach oiread le Sally.

COILMÍN: Á, chomh siúráilte is atá mo mháthair thiar sa reilig, í fhéin atá i mo dhiaidh-sa.

MÁIRÍN: Leag as do chuid seafóide anois. Tá a dóthain ar a haire is gan tusa a bheith ag siocadh léi.

MEAIG: Cén sórt cogarnaíl atá thall ansin oraibh?

COILMÍN: Ah blood an' ouns, dhá bhféadfainn labhairt le Frankín. D'athródh sé i dtaobh eicínt í.

MÁIRÍN: Beidh mise ag labhairt leatsa agus ag labhairt go géar leat má tharraingíonn tú níos mó clampair. Gabh síos a chodladh. Scuab a deirim!

COILMÍN: Á, nach foghláilte an deabhal de shaol é.

MEAIG: Tá mé ag iarraidh a dhul in éineacht le Coilmín.

MÁIRÍN: Seo í do leaba anois, a Mheaig, nó go socróidh tú síos, is ná cloisim focal eile as ceachtar agaibh.

MEAIG: Ara muise, a bhundúin, ní thabharfaidh tú mo dhúshlánsa. Ach fan go dtiocfaidh Darach ar ais. Bainfidh sé sin fuil as na polláirí agat. (*Cuireann sí an phluid ar a ceann.*)

MÁIRÍN: By dad, ach meas tú cén sórt folach bhíog í seo?

JACKIE   (*Ag cur a dhá lámh timpeall ar Mháirín*): Ó, a Mháirín. (*Tocht.*)

MÁIRÍN: Ná bí ag caoineadh, a Jackie.

JACKIE: D'inis mé an fhírinne dhó.

MÁIRÍN: Oh Lord, is céard a tharla?

JACKIE: D'imigh an chaint uaidh. D'imigh an chaint ón mbeirt againn is dóigh. Muid ina suí ansin is gan muid in ann breathnú ar a chéile. Bhí mé in ann mo chroí a chloisteáil ag bualadh, an teannas ag pléascadh i mo chluasa. Ní raibh ann ach cupla nóiméad is dóigh ach b'fhaide liom é ná an tsíoraíocht. "Tabhair seans eile dhom," a scread mé. "Tabhair seans amháin eile dhom. Rinne mé dearmad, a Tommy. Ach geallaim dhuit nach dtarlóidh sé go brách aríst." Níor bhreathnaigh sé díreach orm ach chonaic mé na deora ag silt anuas ar a leiceann. Bhí a fhios agam ansin nach raibh sé ag dul ag labhairt liom go deo aríst. Dúirt mé leis go raibh aiféala orm is d'fhág mé slán aige is d'imigh mé amach as an gcarr ag caoineadh . . . ach lean sé dhom.

MÁIRÍN: Oh Jackie!

JACKIE: Rug sé greim chomh crua orm is gur chuir sé faitíos orm. "Scaoil liom," a scread mé. Ach ní scaoilfeadh. Bhí greim an fhir bháite aige orm, is gan focal as nó gur chaoin sé an deoir deiridh a bhí ina cheann. "Scaoil liom, please," a dúirt mé faoi dheireadh, is an bheirt againn ag creathadh leis an bhfuacht. "Ní scaoilfidh," a dúirt sé. "Seo é an bronntanas Nollag a bhí agam dhuit." (*Taispeánann sí fáinne geallta do Mháirín.*)

MÁIRÍN: Oh, Lord! Jackie!

JACKIE: "Ach ní féidir liom glacadh leis," a dúirt mé. "Is féidir," a dúirt sé, "ní bheidh mé i ngrá go deo le aon duine ach leatsa."

MÁIRÍN: Ó, Jackie, tá sé seo iontach.

JACKIE: Thairg mé dhó ginmhilleadh a fháil is tosaí as an nua. Shíl mé go raibh sé ag aontú liom ar dtús. Ach ansin dúirt sé nach ndéanfadh. Go nglacfadh sé liom mar atá mé.

MÁIRÍN: Bíodh do chomhairleachan agat anois, a Jackie.

JACKIE (*ag léimneach le háthas*): Ní raibh mé chomh sona ariamh i mo shaol, a Mháirín. Níl an teach nua leathchríochnaithe ach tá muid ag moveáil isteach le chéile théis na Nollag.

MÁIRÍN: Oh Lord, meas tú ar cheart dhuit síocháin a dhéanamh le do mhuintir sul má thosaíonn sibh ag cónaí le chéile?

JACKIE: No. Tuilleadh achrainn a tharraingeos sé sin. Seo é atá muide a iarraidh: a bheith in éineacht is a bheith i ngrá go deo na ndeor.

MÁIRÍN: B'fhéidir gur agaibh atá an ceart, a leana. Tá sibh sách sean lena n-intinn fhéin a dhéanamh suas.

JACKIE   (*lámha ina timpeall*): Go raibh mile maith agat, a Mháirín. Ní raibh aon duine eile sásta labhairt liom.

            (*Tagann* TAIMÍN *ar ais is an mada aige.*)

MÁIRÍN: Oh Lord, tá sé ag dul ar an tour of Connemara leis an mada.

            (JACKIE *ag seoladh text chuig Tommy.*)

TAIMÍN: Níl mé dhá iarraidh seo.

MÁIRÍN: Á, shíl mé go dtaithneodh Fáinne leat.

TAIMÍN: Dhá mba é Fáinne é nach mbeadh sé do mo líochán.

MÁIRÍN: Oh Lord.

TAIMÍN: An raibh tú ag inseacht na fírinne dhom?

MÁIRÍN: Hea?

TAIMÍN: Tá sé dhá fheiceáil dhom nach bhfuil Tom Óg ag teacht abhaile chor ar bith . . . Ná hinis aon bhréag dhom . . . Bhí a fhios agam é. Ní fheicfidh mé aon dé aríst go brách air.

MÁIRÍN: Tá go brách fada, a Taimín. Síos leat a chodladh anois is tabharfaidh mé sleeping tablet dhuit.

TAIMÍN: Níl mé dhá iarraidh. Nuair a dhúnfas mise mo shúile níl mé ag iarraidh iad a oscailt go deo aríst.

MÁIRÍN: Triáil thusa foighid a chur ann, a Jackie. Déanfaidh mise na rounds go bhfeice mé an bhfuil chuile dhuine eile socraithe síos.

JACKIE: Lig do scíth thall anseo go fóilleach, a Taimín.

TAIMÍN: Seo é agam é anois aduaidh,
           Fear na coise caoile crua,
           Is é an trua nach féidir liom rith.

JACKIE: Ó, nach deas an dán é sin.

TAIMÍN: Ní dán é ach tomhais. *guess/measure*

JACKIE: Tomhais? Is cén freagra atá air?

TAIMÍN: An bás. Sin é an freagra atá air.

JACKIE: An bás.

TAIMÍN: Seo é agam é anoir aduaidh. (*Faigheann* JACKIE *text*.) Fear na coise caoile crua.

JACKIE: Gabh mo leithscéal nóiméad, a Taimín. (*Á chur ina shuí agus ag dul trasna go dtí oifig na mbanaltraí. Solas ag ísliú go dtí trí spotsolas ar Taimín, Meaig agus Jackie. Meangadh gáire ar Jackie ag cur text ar ais chuig Tommy.*)

MEAIG: 'Choilmín? Hóra, a Choilmín! Á muise, Dia linn, ó b'annamh liom an méid sin sóláis a fháil. 'Dharach? Lisa? Á, sin é an chaoi, go bhfóire Dia orainn, théis chomh maith is atá sibh saoraithe i gcaitheamh an tsaoil agam. (*Spotsolas síos.*)

JACKIE: Ó, Tommy! Rinne mé óinseach dhíom fhéin. Tá brón orm ach geallaim dhuit nach mbeidh aon aiféala ort. I love you.
           (*Spotsolas síos.*)

TAIMÍN: Á, muise, Dia linn is Muire. "Clann a leagann agus clann a thógann," a deirtear. Ach ar ndóigh, b'fhéidir gur mé fhéin a bhí as bealach. B'fhéidir gur róghéar a bhí mé. Rinne mé mo sheacht míle dícheall *best effort* ach is dóigh ina dhiaidh sin nach raibh aon nádúr máthar ionam. Á, dhá mairfeá, a Bhrídín, go ndeána Dia grásta agus trócaire ort, nach mba tú a bheadh práinneach *urgent* as do pháiste. Nach tú a chuirfeadh comhairle a leasa air. Thabharfadh sé aird ortsa, thabharfadh. Ach ar ndóigh, ní fhaca sé ariamh thú. Fuair tú bas dhá thabhairt ar an saol. Cothrom an lae inniu, a Bhrídín, a d'fhág mé thiar sa reilig thú. Mé ag gárthaíl chaoineacháin nuair a thriáil siad mo pháiste a bhaint dhíom. Iad ag rá nach mbeinn in ann déileáil leis. Ach níor lig mise leo fhéin é. Níor bheag dhom thusa a bheith uaim. Is ort a bhínn ag cuimhneamh is mé ag tabhairt buidéilín bainne dhó, ag tabhairt aníos a bhrúichtín, ag athrú claibhtíní air. Ní bhíodh dúnta agam ach leathshúil ar fhaitíos go mbeadh clóic ar bith air in am mharfach na hoíche. Choinnigh mé slán ar bhóthar is ar bhealach é, choinnigh. Sheas mé roimhe nuair a bhíodh scaibhtéirí dhá mhealladh isteach i dtithe ósta, mé ag súil go dtógfadh sé láimh os mo chionn nuair a thiocfadh sé in inmhe. *maturity* Deirinn lán an phaidrín chuile oíche ag iarraidh ar Dhia mé a fhágáil beo nó go gcloisfinn mo gharchlann ag glaoch Deaideo orm. Mé dhá shamhlú ina suí ar mo ghlúine is mé ag slíocadh a gcuid gruaige. Ach *god help us* d'fhág sé ansin mé. Sin é an chaoi, go bhfóire *lousy* Dia orainn. Á muise, nach suarach é an saol faoi dheireadh thiar. (*Ceol pianó go ciúin ag tionlacan glór páiste (Róisín) le tús "Oíche Chiúin". An ceol ag dul in éag is gan le cloisteáil ach glór Róisín. Solas ag ísiliú go mall go dtí nach bhfuil fágtha ach solas ón gcoinneal agus crann na Nollag. Pianó go híseal ag tionlacan deireadh an amhráin.)*

Críoch